SAC à TOUT

※ Texte & Illustrations de ※

SÉVERINE

SAC-A-TOUT

MÉMOIRES
d'un Petit Chien

Phot. Boissonas et Taponier

SÉVERINE

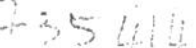

SAC-A-TOUT

MÉMOIRES

D'UN PETIT CHIEN

PARIS

FÉLIX JUVEN, Éditeur

122, Rue Réaumur, 122

DÉDICACE

POUR SAC-A-TOUT

❧ ❧ ❧

Je serais une ingrate, mon petit chien, si je dédiais à quelqu'un d'autre que toi — être non pas fictif, mais réel, couché en ce moment à mes pieds, sur un pan de ma robe — ce récit de tes aventures, que tu as inspiré, je pourrais presque écrire : dicté.

Il t'est dû ; je n'en retiens que la forme, et peut-être quelque arbitraire dans l'ordre ou le détail, ou l'amplification des événements. Mais, pour le reste, je suis bien certaine de n'avoir fait que traduire et enchaîner la plupart des incidents qui composent la vie des pauvres toutous comme toi, sans race et sans valeur.

C'est ton vrai portrait qui figure en tête de ce petit volume ; c'est ta vraie âme (saint Thomas d'Aquin vous en attribue une), ta vraie âme, malicieuse et sensible, enjouée et tendre, qui se reflète en ces pages, exactement.

Parce que je ne suis « qu'une » femme, parce que tu n'es « qu'un » chien, parce qu'à des degrés différents, sur l'échelle sociale des êtres, nous représentons des espèces inférieures au sexe masculin — si pétri de perfections ! — le sentiment de notre mutuelle minorité a créé entre nous plus de solidarité encore, une compréhension davantage parfaite.

Je perçois presque ton langage ; et tu pénètres mes pensées. Je hausse l'épaule, tu lèves la patte devant ce qui est suspect ou répugnant... et nous avons le commun amour des petites gens.

Mes boutades, tu les supportes, philosophe et quelque peu gouailleur. Tu laisses le chien du braconnier, le camarade sans pâtée, se faufiler dans la maison, finir ta soupe. Depuis le jour qu'on t'a découvert blotti chez moi, misérable et tremblant, sans que l'on pût jamais connaître par où, ni par qui tu y avais accédé, je ne t'ai donné, après tout, que l'hospitalité, le gîte et le couvert — avec quelques caresses autour. Toi, tu m'as donné tout ton être, passionnément : les petites étoiles de tes yeux vifs, la grande flamme affectueuse de ton cœur minuscule, ta gaîté aux heures de tristesse, ta gravité attentive et silencieuse aux heures de travail.

Et puis, quand j'ai failli mourir, je me rappelle, lors des réveils, de jour, de nuit, l'angoisse de tes prunelles jamais closes, tendues vers mes yeux défaillants.

Petit chien laid, petit chien vulgaire, petit chien de rue, « sale roquet » qui es mon meilleur ami, tout compte fait, c'est encore moi ta débitrice.

Et je paie.

Séverine.

Sur un tas de cailloux, Marquise agonisait.

PROLOGUE

LE SERMENT DE SAC-A-TOUT

Sur un tas de cailloux, Marquise agonisait. C'était une chienne de petite taille, vieille, très vieille — si vieille même qu'elle n'apparaissait plus que comme une ombre : un tas de neige maculée par le dégel ; quelques poignées de laine emmêlée et salie.

Elle avait eu son temps, comme tout le monde : son heure, où l'éclat tient lieu de beauté ; où l'entrain, l'assurance inhérente au jeune âge, font illusion aux autres et à soi-même.

Or, ici, abandonnée de tous, laissée par ses maîtres, les patrons de cirque, comme un chiffon usé qu'on jette et qui va pourrir au fumier, le flanc haletant, la langue sèche, c'est à ce « temps-là » qu'elle songeait : au passé, à sa jeunesse !

Pour fringante, elle l'avait été ; et souple, et drôle, et fantaisiste donc ! Les plus magnifiques spécimens de sa race, ceux qu'on prime dans les expositions, qu'on bichonne et qu'on parfume, avaient l'air ridicule et benêt, au bout de leur laisse, avec leur grelot d'or et leur cocarde de soie, quand on les amenait pour la voir, elle, enfant

de la balle, fille de bohême, habillée d'oripeaux de quatre sous —
mais sachant si bien les porter !

Une dernière bouffée de vanité lui monta au cerveau :

— Il n'y a pas à dire, Lavedan a raison : j'avais « la manière ! »
soupira-t-elle.

Hélas ! que c'était loin, l'époque des tournées annoncées
par de grandes affiches !

MARQUISE! l'inimitable MARQUISE!!!
est dans nos murs!
CACHUCHA ! BOLÉRO ! FANDANGO !

QU'ON SE LE DISE!!!

Ah ! le bruit enivrant des bravos, et la fièvre d'orgueil quand les

La fièvre d'orgueil, quand les bouquets pleuvaient sur la scène !

bouquets pleuvaient sur la scène, quand les parents, les enfants, leurs bonnes, et MM. les militaires, criant : « Encore ! Encore ! » exigeaient qu'elle les revînt saluer.

— Depuis Fanny Essler, on n'a pas vu ça ! avait même dit, un soir, un très vieux monsieur.

Puis les bons morceaux de sucre, les friands os de poulet, à la rentrée dans la coulisse ! Elle couchait sur l'édredon de la patronne, la mère La Crêpe ; le père La Frite (ils avaient été surnommés ainsi, par le personnel, à cause de leur goût immodéré pour la friture) et leur fils, le petit Beignet, ne tarissaient pas en éloges, en flatteries :

Rata,
le singe cuisinier.

— Marquise, jolie Marquise, chouchou à sa mémère, canard vert à son papa, as-tu chaud, as-tu froid, as-tu soif? Veux-tu rentrer, veux-tu sortir ?... Cette bête-là est une vraie fortune !...

Une fortune, oui, elle la leur avait gagnée. Si le père La Frite n'avait pas eu, comme disaient les palefreniers, le « gosier en pente », bu toutes les recettes au cabaret ; si la mère La Crêpe n'avait pas tant aimé les plats doux, les licheries confectionnées en cachette, et absorbées toute seule ; si le petit Beignet (le dernier des garnements, celui-là !) n'avait pas chipé des sous dans la caisse pour s'acheter des billes, des toupies, et des cerfs-volants, il y aurait eu belle lurette qu'ils auraient possédé une bicoque à la campagne, avec un bout de jardin autour... où elle aurait fini sa vie, elle, Marquise, tranquillement, dignement, ainsi qu'elle l'avait bien mérité !

Elle avait tant travaillé ; travaillé jusqu'à la fin, et parmi de si lourdes peines, depuis le jour où, glissant en scène, elle s'était démis la patte.

Dès lors, c'en était fait de la gloire. Si Rata, le singe cuisinier, si la jolie clownesse,

La jolie clownesse et les camarades de Marquise.

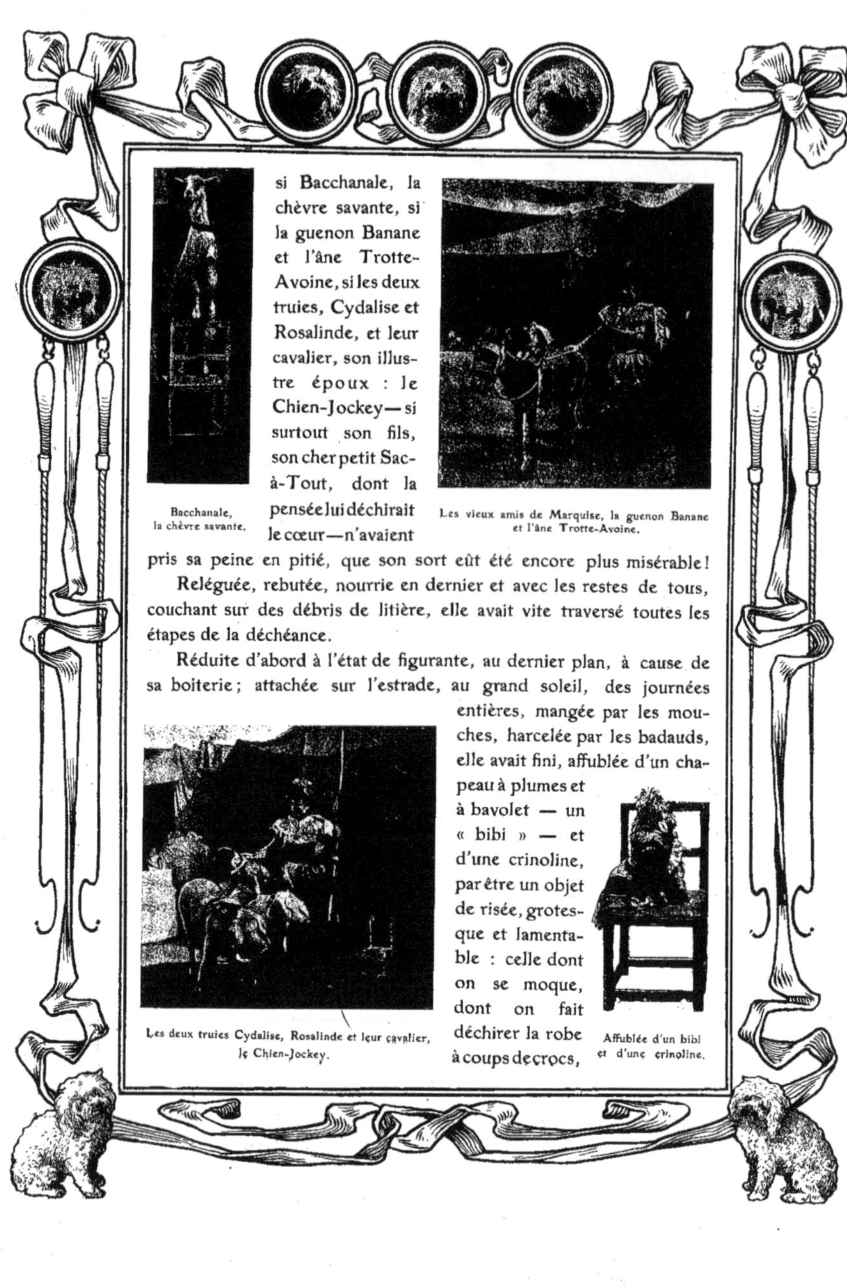

si Bacchanale, la chèvre savante, si la guenon Banane et l'âne Trotte-Avoine, si les deux truies, Cydalise et Rosalinde, et leur cavalier, son illustre époux : le Chien-Jockey — si surtout son fils, son cher petit Sac-à-Tout, dont la pensée lui déchirait le cœur — n'avaient

Bacchanale, la chèvre savante.

Les vieux amis de Marquise, la guenon Banane et l'âne Trotte-Avoine.

pris sa peine en pitié, que son sort eût été encore plus misérable !

Reléguée, rebutée, nourrie en dernier et avec les restes de tous, couchant sur des débris de litière, elle avait vite traversé toutes les étapes de la déchéance.

Réduite d'abord à l'état de figurante, au dernier plan, à cause de sa boiterie ; attachée sur l'estrade, au grand soleil, des journées entières, mangée par les mouches, harcelée par les badauds, elle avait fini, affublée d'un chapeau à plumes et à bavolet — un « bibi » — et d'une crinoline, par être un objet de risée, grotesque et lamentable : celle dont on se moque, dont on fait déchirer la robe à coups de crocs,

Les deux truies Cydalise, Rosalinde et leur cavalier, le Chien-Jockey.

Affublée d'un bibi et d'une crinoline.

qu'on se renvoie d'un bout à l'autre de l'arène à coups de pied, qu'on persécute et qu'on poursuit.

Et dire qu'elle avait regretté cela ! C'était du malheur, oui, mais c'était encore de l'art, fût-ce au dernier échelon : la piste, les torches d'acétylène, les clowns qui cabriolent, la musique qui fait rage, les chevaux qui piaffent, la danseuse en robe couleur d'aurore ou couleur de lune, qui crève les cerceaux de papier !

C'est qu'après, la pauvre Marquise avait, tout à fait, été bannie du théâtre : plus rien qu'ouvreuse ; chargée de garder les nippes des camarades en scène... à la cantonade, loin du public !

D'ailleurs, son accident avait marqué, pour tous, la fin de la chance. Peu à peu, le cirque, son matériel, sa troupe, avaient diminué, diminué. On n'avait plus « d'étoiles » et, bien loin de la plaindre, on la rendait volontiers responsable de la gêne survenue, de la ruine proche...

Maintenant la caravane s'éloignait.

Enfin, lorsque malade, à bout de forces, son état de décrépitude était devenu trop évident, cela n'avait pas été long.

— Jette-moi ça dehors : ça n'est plus bon à rien ! avait dit la mère La Crêpe.

— Pas trop tôt ! avait répondu le petit Beignet.

Et, happant Marquise d'une poigne rude, il l'avait lancée hors de la voiture en marche, là où elle était demeurée, à demi brisée, si faible !

Maintenant, la caravane s'éloignait.

Adieu, le grand cheval blanc, étique et bon, qui lui permettait de se réfugier entre ses pieds, dans la paille, et évitait de remuer pour ne point la blesser ! Adieu, Rata et Banane, si pareils à des humains...! mais tant meilleurs ! Adieu, les autres ! Adieu, surtout — son compagnon, le Chien-Jockey, s'étant tué dans un steeple — adieu Sac-à-Tout!

Dire qu'elle n'avait même pas pu l'embrasser avant la séparation; que, depuis des mois, on les tenait éloignés l'un de l'autre : lui, très en faveur, intelligent, déluré, annonçant de grandes dispositions dramatiques, elle si en disgrâce, si humiliée ! Dire qu'effrayée de le voir s'engager dans la voie qui lui avait été si fatale, elle n'avait même pas pu l'avertir, l'adjurer de choisir une autre carrière, d'adopter un autre mode d'existence !

A présent, loin d'elle, au bout d'une corde — le pauvret avait sans doute essayé de s'enfuir pour la rejoindre — à présent, loin d'elle, on entraînait Sac-à-Tout. Elle ne distinguait plus de lui, sur la route, qu'un flocon blanc qui disparaissait là-bas, tout là-bas.

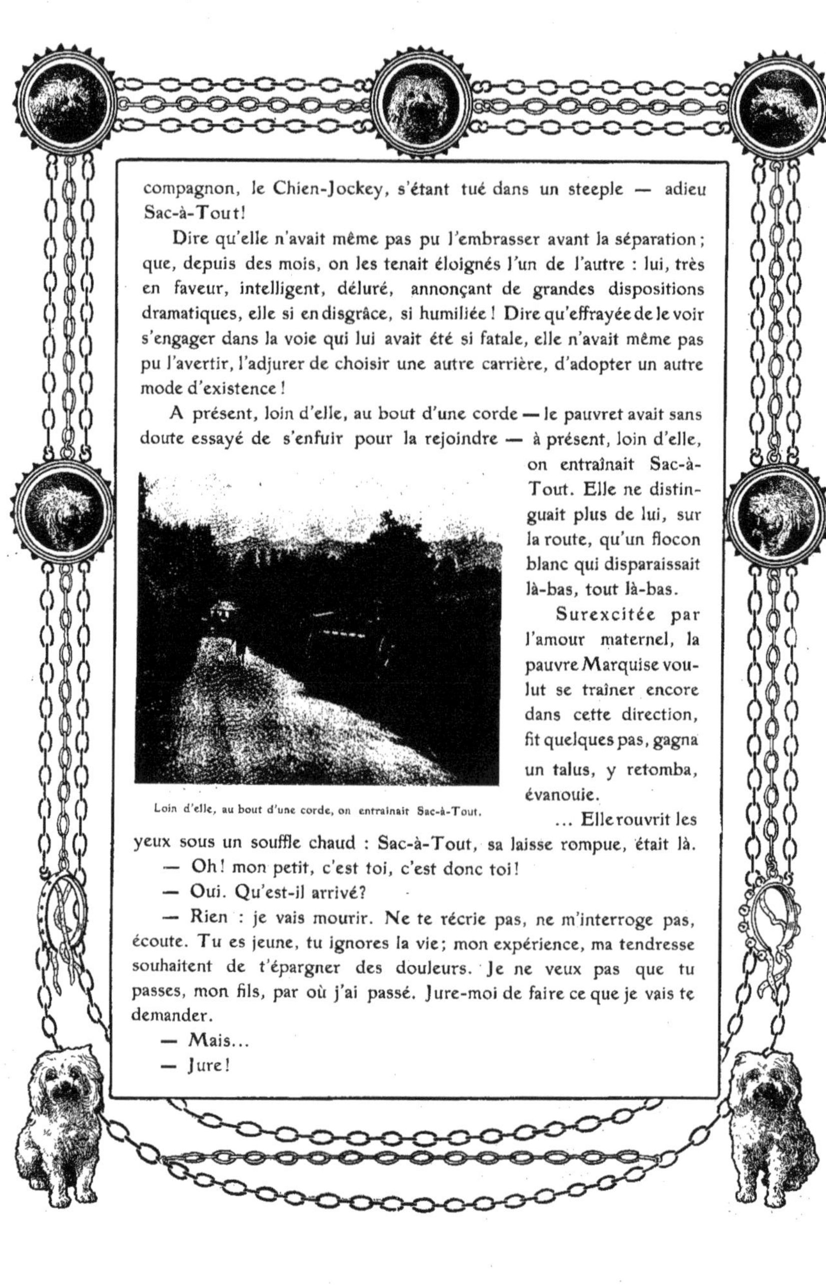

Loin d'elle, au bout d'une corde, on entraînait Sac-à-Tout.

Surexcitée par l'amour maternel, la pauvre Marquise voulut se traîner encore dans cette direction, fit quelques pas, gagna un talus, y retomba, évanouie.

... Elle rouvrit les yeux sous un souffle chaud : Sac-à-Tout, sa laisse rompue, était là.

— Oh! mon petit, c'est toi, c'est donc toi!

— Oui. Qu'est-il arrivé?

— Rien : je vais mourir. Ne te récrie pas, ne m'interroge pas, écoute. Tu es jeune, tu ignores la vie; mon expérience, ma tendresse souhaitent de t'épargner des douleurs. Je ne veux pas que tu passes, mon fils, par où j'ai passé. Jure-moi de faire ce que je vais te demander.

— Mais...

— Jure!

Sac-à-Tout, bien ému, étendit la patte droite, la patte de devant :

— Je le jure !

— Merci. Eh ! bien, renonce au mensonge de la gloire, à l'aberration qui m'a perdue. Dans l'adolescence, mon enfant, j'ai rencontré le bonheur... et ne m'y suis pas tenue... Je désire que ce bonheur, dédaigné par ma folle ambition, toi, tu le retrouves.

Une défaillance l'interrompit. Sac-à-Tout gémissait, lui léchant le museau. Elle fit effort, se redressa.

— Ecoute, mes minutes sont comptées... J'avais été accueillie dans une bonne maison pour nous autres, chez une femme, un écrivain : Séverine... te rappelleras-tu ce nom-là ?

— Séverine, oui. Où est-ce ?

— A Paris... Je t'enjoins d'y aller... d'y fixer tes jours...

— J'obéirai. Mais, l'adresse ?... Paris doit être bien grand.

— C'est... c'est...

— Achève !

— C'est...

La tête de Marquise s'allongea sur le sol, son corps se raidit dans un spasme. Elle était morte !

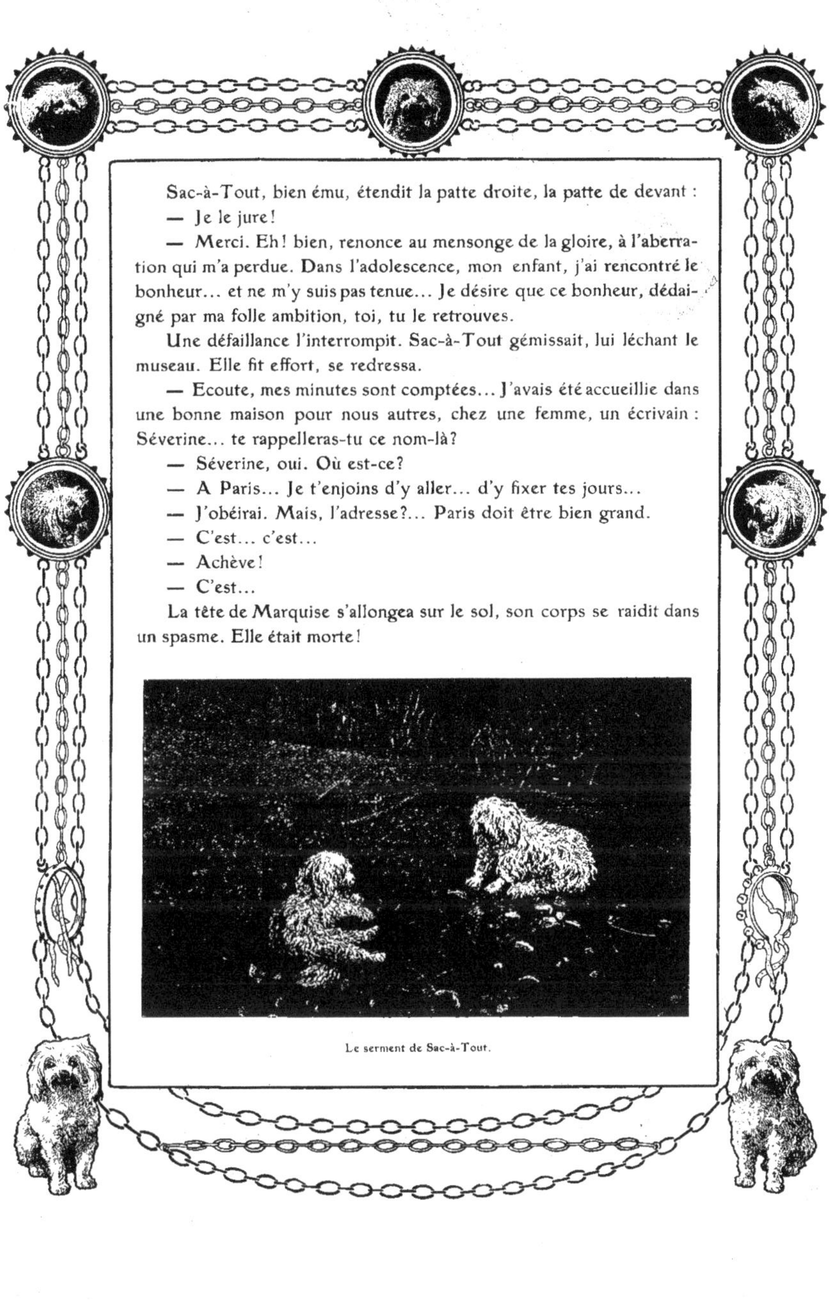

Le serment de Sac-à-Tout.

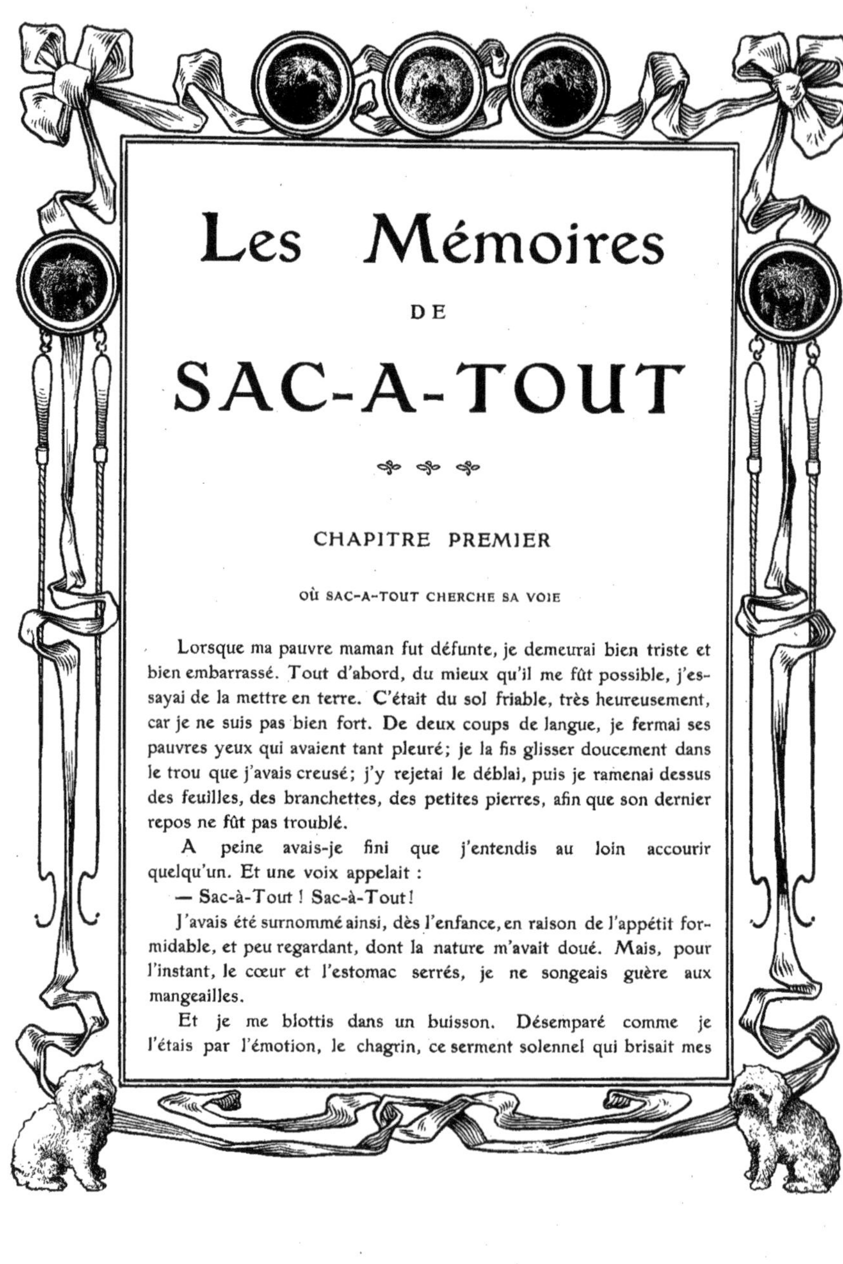

Les Mémoires

DE

SAC-A-TOUT

❖ ❖ ❖

CHAPITRE PREMIER

OÙ SAC-A-TOUT CHERCHE SA VOIE

Lorsque ma pauvre maman fut défunte, je demeurai bien triste et bien embarrassé. Tout d'abord, du mieux qu'il me fût possible, j'essayai de la mettre en terre. C'était du sol friable, très heureusement, car je ne suis pas bien fort. De deux coups de langue, je fermai ses pauvres yeux qui avaient tant pleuré; je la fis glisser doucement dans le trou que j'avais creusé; j'y rejetai le déblai, puis je ramenai dessus des feuilles, des branchettes, des petites pierres, afin que son dernier repos ne fût pas troublé.

A peine avais-je fini que j'entendis au loin accourir quelqu'un. Et une voix appelait :

— Sac-à-Tout ! Sac-à-Tout!

J'avais été surnommé ainsi, dès l'enfance, en raison de l'appétit formidable, et peu regardant, dont la nature m'avait doué. Mais, pour l'instant, le cœur et l'estomac serrés, je ne songeais guère aux mangeailles.

Et je me blottis dans un buisson. Désemparé comme je l'étais par l'émotion, le chagrin, ce serment solennel qui brisait mes

plus chères espérances, j'avais besoin de réfléchir.

Le coureur se rapprochait ; il passa au galop. C'était cette horreur de petit Beignet, d'entre les mains de qui je m'étais échappé tout à l'heure. Sans doute, on avait fait halte pour l'attendre, alors qu'il se lançait à ma recherche.

Je ne l'avais jamais goûté beaucoup, avec sa tête en poire ; son nez en pied de marmite ; ses yeux de guingois ; sa voix de fausset ; ses épaules en escabeau, l'une accédant à l'autre ; ses genoux cagneux ; et, plus que tout — car les imperfections physiques ne sont rien quand l'âme est bonne — son esprit sournois, sa méchanceté innée. Cependant, personnellement, je n'avais jamais eu trop à m'en plaindre.

Mais ma pauvre maman en avait beaucoup souffert. Et, dans les circonstances présentes, sa vue me révoltait.

Je demeurai coi. Je le laissai aller, je le laissai revenir. Il se grattait la tête, parlant tout seul :

— Où a-t-il pu passer, cet animal-là ? Le père va battre ses tapis sur mon dos, sûr !

Il retourna à pas lents, tirant la jambe, pas pressé de recevoir sa correction. Et longtemps encore, crainte d'un retour, je restai dans les broussailles, immobile, usant ma corde, tout doucement, après une

souche rugueuse, pour qu'on ne vît point que je m'étais évadé. Quand je me hasardai au dehors, il était plein midi, et j'avais rudement faim. Il s'agissait, tout seul, sans maître, sans guide ni ressources : 1° de ne pas retomber au pouvoir des gens du cirque, puisque telle était la volonté de maman ; 2° de m'orienter sur Paris ; 3° d'y découvrir cette Séverine dont j'ignorais la demeure, par qui il m'était enjoint de me faire adopter, chez qui il m'était ordonné de vivre et de mourir.

Ce n'était pas commode, pour un jeune chien dépourvu d'expérience et d'instruction. On néglige de nous apprendre la géographie, à nous autres ; et pour peu que le toutou soit folâtre, étourdi, il suit ses patrons sans discerner la route, et il reste ignare.

J'en étais là.

Puis la difficulté se doublait d'un risque. Mon signalement, sous peu, serait donné. La mère La Crêpe ne se résignerait pas facilement à me perdre. Je sentais encore la façon dont elle me tâtait les jarrets, de temps à autre, clignant de l'œil de contentement, et disant :

— Ça c'est de l'or en barres. Avec lui, on se refera.

Je devais m'appeler Marquis, sur les affiches, en souvenir des triomphes maternels. On m'avait même pris mesure d'un habit à basques, d'un gilet brodé. Mlle Rose d'Avril, la clownesse, m'avait bordé d'argent un tricorne de feutre (puis, avec de l'étoupe, en dessous ; des crins de Bataclan, le grand cheval blanc, en dessus), confectionné un amour de perruque, liée au bout par un nœud de ruban noir.

J'aurais porté l'épée et jabot de dentelle, dansé la gavotte et le menuet. Ma mère avait du brio, brûlait les planches. Moi, j'avais de la grâce, une extrême distinction . je pouvais être le Le Bargy des chiens !

Je dis cela aujourd'hui, que tout m'est familier, soit de l'art, soit de la politique. Car vous supposez bien qu'en ce temps-là, chien de saltimbanques en quête du chemin à suivre, une telle comparaison dépassait l'ordre de mes connaissances et de mes conceptions.

La vérité, c'est que je souffrais profondément de devoir renoncer à l'avenir rêvé : j'avais la vocation ! Sans regretter mon serment, je le déplorais ; heureux qu'il eût adouci les derniers moments de ma pauvre mère, triste — oh! combien! — de devoir m'y conformer.

Car je suis un honnête chien. On ne plaide pas chez nous, ni ne chicane; la parole suffit. J'avais donné la mienne : je la tiendrais.

Et Séverine, cette Séverine, en voilà une qui aurait mieux fait de ne jamais connaître maman! Une femme qui écrivait? Ça devait être une grande sèche, toute noire, avec des airs d'homme manqué. Peut-être bien qu'elle fumait la pipe — comme la mère La Crêpe?

Enfin!...

Tout en réfléchissant ainsi, j'avais marché, marché beaucoup, non sur la chaussée où l'on pouvait me découvrir de loin, mais sur les bords, dans les fossés, derrière les haies.

J'avais passé derrière des pays sans me montrer. Mais le chemin parcouru devait être déjà long. Un village était devant moi et, en

Pour écouter les buveurs, je m'assis sous une tonnelle.

avant, une petite auberge sentant bon la soupe. Peut-être y attraperais-je quelques reliefs; peut-être y entendrais-je quelque utile indication.

Je me faufilai, inaperçu, dans le jardin, et, pour écouter les buveurs, je m'assis sous une tonnelle.

Quand tout à coup, brutalement, des mains me saisirent,..

CHAPITRE II

DE QUELLE MANIÈRE SAC-A-TOUT PERDIT SA CONFIANCE EN LA PRESSE

Je me sentis soulever, manipuler, puis qu'on me liait après quelque chose de pesant. Et, soudain, je retombai sur le sol, entre deux marmitons, de blanc vêtus, qui riaient à pleine gorge.

— Non! ce qu'on va se payer la tête du chef!...

— Pour ça faut que le chien bouge. Hop!

Et celui-là m'allongea un formidable coup de semelle. Je m'enfuis... un tintamarre sans nom, quelque chose qui participait de la cloche et du tonnerre, éclata derrière moi, m'escortant tout proche, galopant en croupe de ma frayeur. Ce bruit me rendait fou... Ils m'avaient attaché une casserole à la queue!

Or, tandis que je tournais dans l'enclos, affolé, cherchant une issue, un gros homme en tablier et toque de cuisinier, surgit comme une trombe du bâtiment, les manches retroussées, un grand coutelas à la main :

— Ma casserole! Ma casserole!

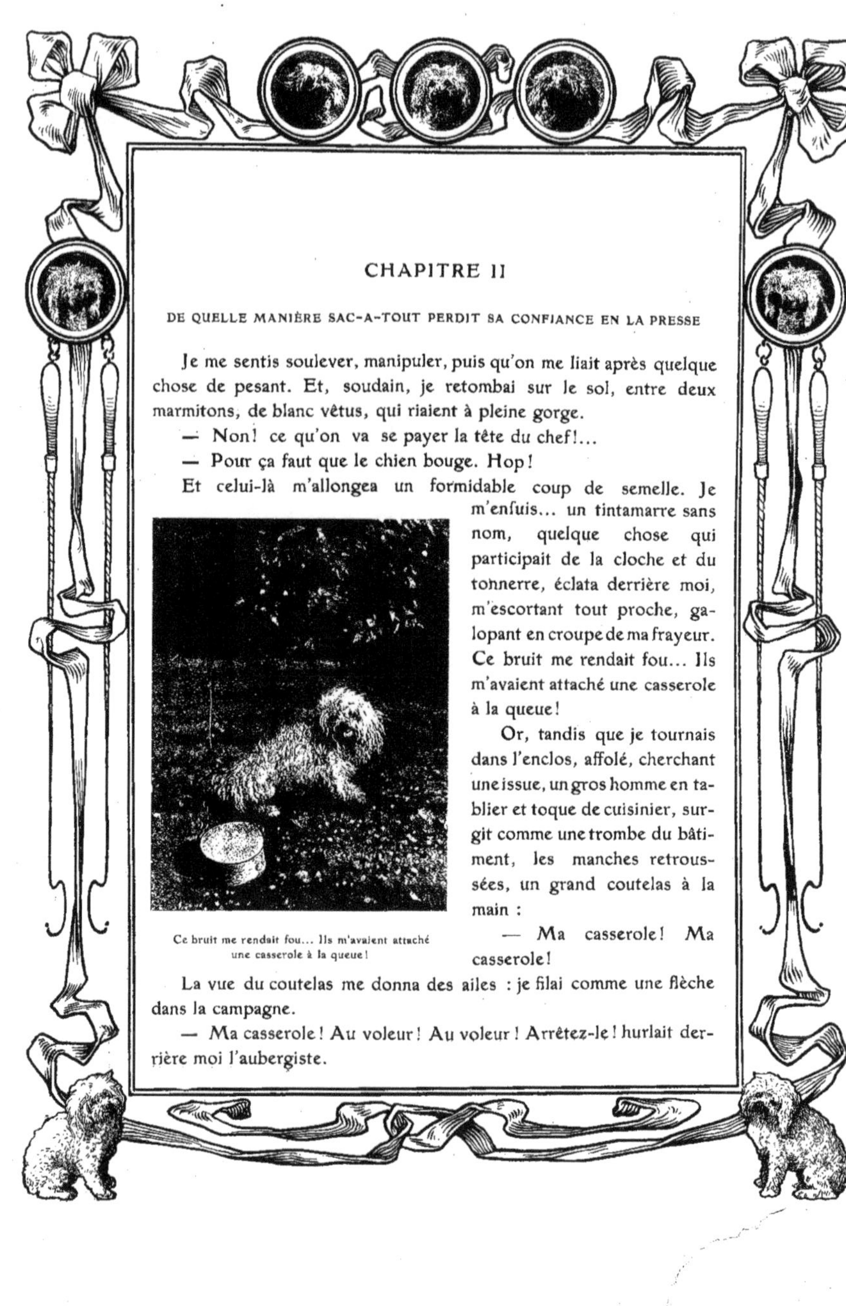

Ce bruit me rendait fou... Ils m'avaient attaché une casserole à la queue!

La vue du coutelas me donna des ailes : je filai comme une flèche dans la campagne.

— Ma casserole! Au voleur! Au voleur! Arrêtez-le! hurlait derrière moi l'aubergiste.

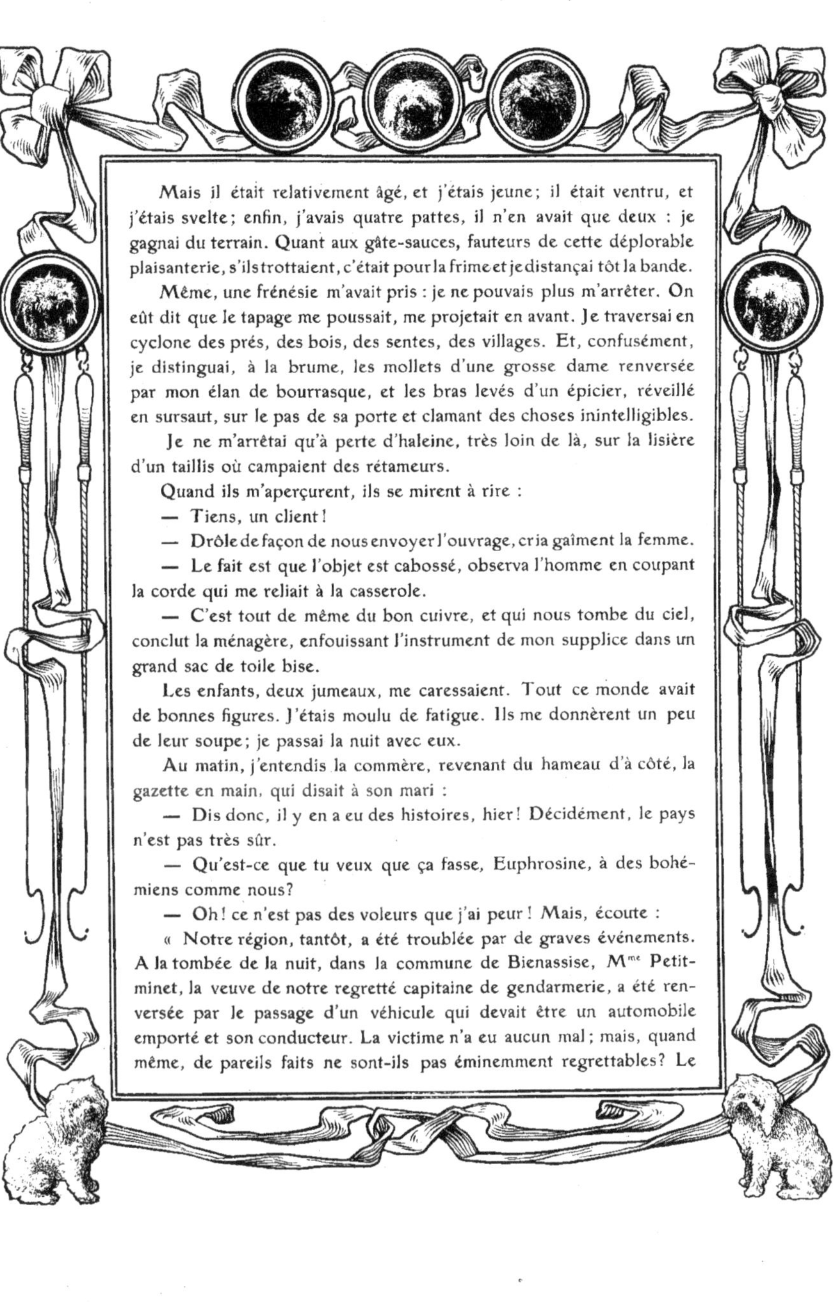

Mais il était relativement âgé, et j'étais jeune; il était ventru, et j'étais svelte; enfin, j'avais quatre pattes, il n'en avait que deux : je gagnai du terrain. Quant aux gâte-sauces, fauteurs de cette déplorable plaisanterie, s'ils trottaient, c'était pour la frime et je distançai tôt la bande.

Même, une frénésie m'avait pris : je ne pouvais plus m'arrêter. On eût dit que le tapage me poussait, me projetait en avant. Je traversai en cyclone des prés, des bois, des sentes, des villages. Et, confusément, je distinguai, à la brume, les mollets d'une grosse dame renversée par mon élan de bourrasque, et les bras levés d'un épicier, réveillé en sursaut, sur le pas de sa porte et clamant des choses inintelligibles.

Je ne m'arrêtai qu'à perte d'haleine, très loin de là, sur la lisière d'un taillis où campaient des rétameurs.

Quand ils m'aperçurent, ils se mirent à rire :

— Tiens, un client!

— Drôle de façon de nous envoyer l'ouvrage, cria gaîment la femme.

— Le fait est que l'objet est cabossé, observa l'homme en coupant la corde qui me reliait à la casserole.

— C'est tout de même du bon cuivre, et qui nous tombe du ciel, conclut la ménagère, enfouissant l'instrument de mon supplice dans un grand sac de toile bise.

Les enfants, deux jumeaux, me caressaient. Tout ce monde avait de bonnes figures. J'étais moulu de fatigue. Ils me donnèrent un peu de leur soupe; je passai la nuit avec eux.

Au matin, j'entendis la commère, revenant du hameau d'à côté, la gazette en main, qui disait à son mari :

— Dis donc, il y en a eu des histoires, hier! Décidément, le pays n'est pas très sûr.

— Qu'est-ce que tu veux que ça fasse, Euphrosine, à des bohémiens comme nous?

— Oh! ce n'est pas des voleurs que j'ai peur! Mais, écoute :

« Notre région, tantôt, a été troublée par de graves événements. A la tombée de la nuit, dans la commune de Bienassise, Mme Petitminet, la veuve de notre regretté capitaine de gendarmerie, a été renversée par le passage d'un véhicule qui devait être un automobile emporté et son conducteur. La victime n'a eu aucun mal; mais, quand même, de pareils faits ne sont-ils pas éminemment regrettables? Le responsable, d'ailleurs, ne tardera pas à être connu, un des témoins ayant pu, au ras du sol, distinguer une partie de son numéro, soit le 1 et le o. »

— Regarde donc, on dirait que le chien étouffe.

Je le crois, que j'étouffais ! De stupeur et de joie. Leur nº 10, pardi, c'était ma queue et le rond de la casserole ! Cependant ma gaieté devenait tout à fait frénétique à ouïr le second récit.

« *Attentat anarchiste.* Concordamment à l'incident relaté ci-dessus, vers la même heure, mais alors sur le territoire de Rabatjoue-les-Prunelles, M. Pèserat, épicier, adjoint au maire, réputé pour ses idées conservatrices, somnolait, au seuil de son magasin, lorsqu'un fracas épouvantable le fit sursauter. Et il vit rouler à ses pieds, puis sur la chaussée, un cylindre de métal, mal enveloppé de papier blanc. M. Pèserat n'eut que le temps de se rejeter en arrière, tout au fond de sa boutique. Le projectile ne fit pas explosion ; mais, comme on ne l'a pas retrouvé, on suppose que des complices, apostés dans les environs, l'ont fait disparaître. La gendarmerie, le maire, le sous-préfet, le préfet ont été avisés ; déjà de sérieuses mesures ont été prescrites, par dépêche, du ministère de l'Intérieur. Et les gens sans aveu n'ont qu'à bien se tenir. »

— Nous sommes innocents... mais si on s'en allait ? proposa la femme.

— C'est toujours plus sûr, répondit l'homme philosophiquement.

Moi, j'étais incapable de donner signe de vie, tant il m'apparaissait comique d'être métamorphosé par la renommée, soit la frayeur publique, tantôt en voiturette et tantôt en obus. Mais du coup, mon respect de la presse se trouvait amoindri.

Tout ce qui était imprimé n'était donc pas exact ? Etait-il possible ?

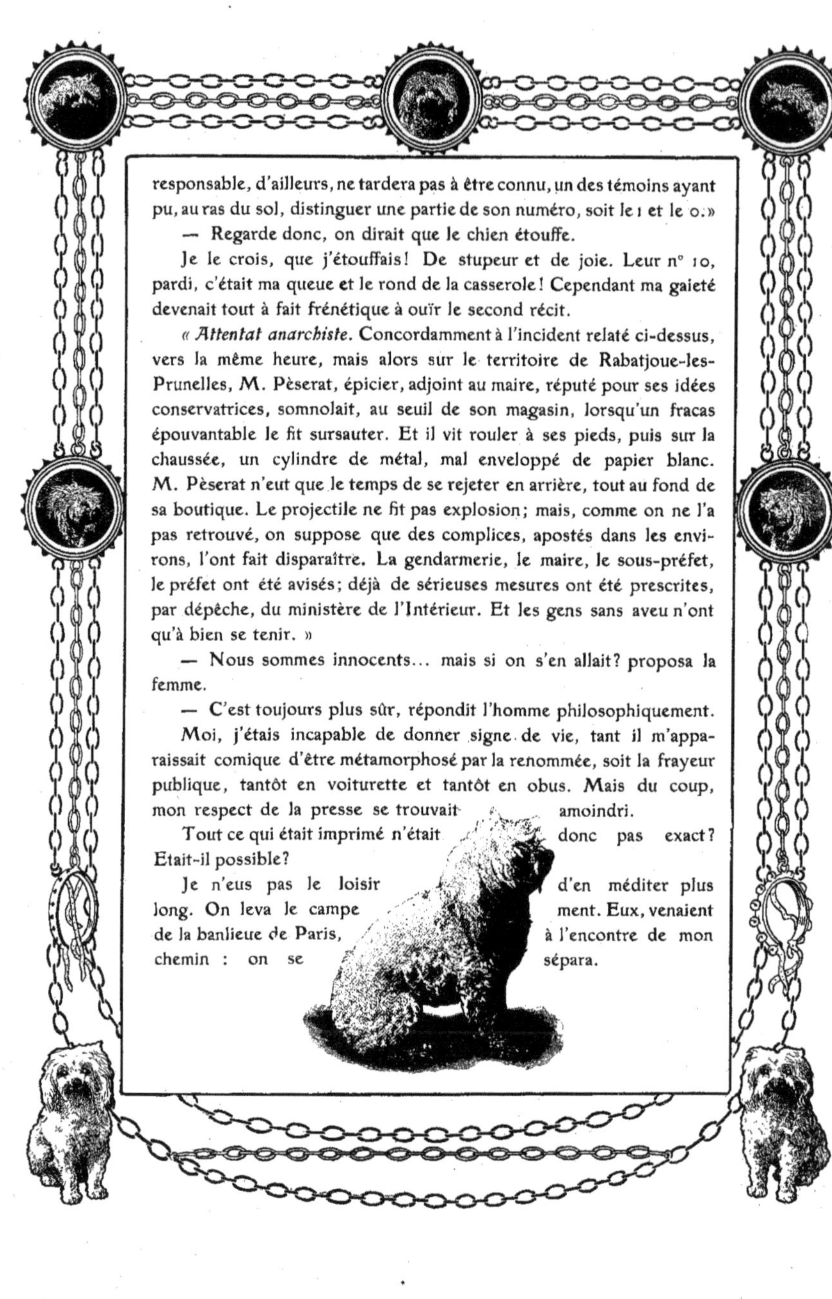

Je n'eus pas le loisir d'en méditer plus long. On leva le campe ment. Eux, venaient de la banlieue de Paris, à l'encontre de mon chemin : on se sépara.

CHAPITRE III

OÙ SAC-A-TOUT FAIT PLUS AMPLE CONNAISSANCE AVEC L'HUMANITÉ

Je passe quelques pérégrinations sans importance, ne valant point la peine d'être rapportées, pour en arriver à ce jour mémorable où je franchis l'enceinte de la capitale.

Il y avait deux mois environ que je voyageais ainsi. J'étais las, amaigri, pas brillant.

Tout d'abord, je fis halte — une halte mélancolique — sur l'escalier descendant à la berge d'une grande rivière; après, je suivis cette berge le plus possible, parce que tant de maisons, tant de passants, tant de voitures me faisaient grandement peur. Puis, sur la gauche, à la lisière d'un jardin immense et plein de plantes, j'avais entendu hurler les loups. Un plus brave aurait eu la venette.

Tout d'abord, je fis halte — une halte mélancolique — sur l'escalier descendant à la berge d'une grande rivière.

Cheminant prudemment, j'arrivai jusqu'à une maisonnette de

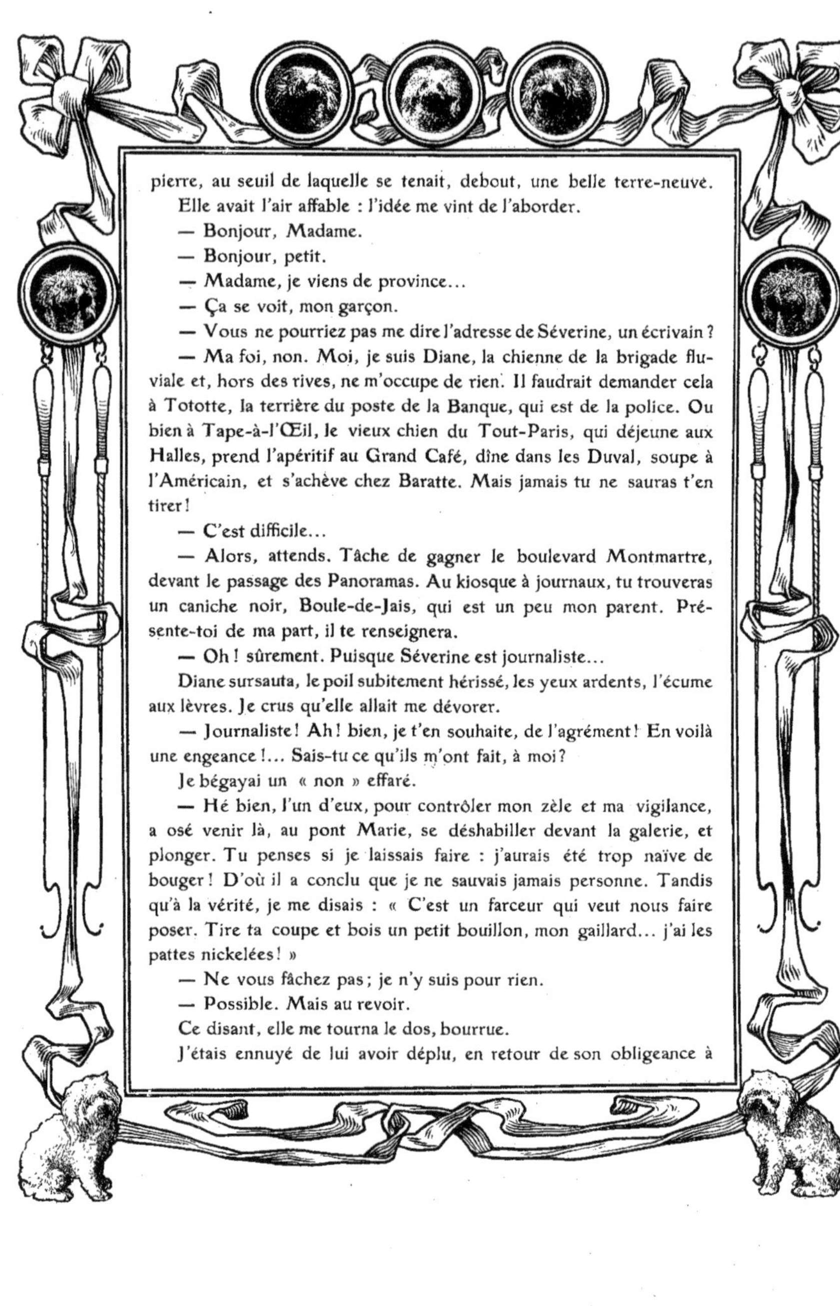

pierre, au seuil de laquelle se tenait, debout, une belle terre-neuve.

Elle avait l'air affable : l'idée me vint de l'aborder.

— Bonjour, Madame.

— Bonjour, petit.

— Madame, je viens de province...

— Ça se voit, mon garçon.

— Vous ne pourriez pas me dire l'adresse de Séverine, un écrivain ?

— Ma foi, non. Moi, je suis Diane, la chienne de la brigade fluviale et, hors des rives, ne m'occupe de rien. Il faudrait demander cela à Tototte, la terrière du poste de la Banque, qui est de la police. Ou bien à Tape-à-l'Œil, le vieux chien du Tout-Paris, qui déjeune aux Halles, prend l'apéritif au Grand Café, dîne dans les Duval, soupe à l'Américain, et s'achève chez Baratte. Mais jamais tu ne sauras t'en tirer !

— C'est difficile...

— Alors, attends. Tâche de gagner le boulevard Montmartre, devant le passage des Panoramas. Au kiosque à journaux, tu trouveras un caniche noir, Boule-de-Jais, qui est un peu mon parent. Présente-toi de ma part, il te renseignera.

— Oh ! sûrement. Puisque Séverine est journaliste...

Diane sursauta, le poil subitement hérissé, les yeux ardents, l'écume aux lèvres. Je crus qu'elle allait me dévorer.

— Journaliste ! Ah ! bien, je t'en souhaite, de l'agrément ! En voilà une engeance !... Sais-tu ce qu'ils m'ont fait, à moi ?

Je bégayai un « non » effaré.

— Hé bien, l'un d'eux, pour contrôler mon zèle et ma vigilance, a osé venir là, au pont Marie, se déshabiller devant la galerie, et plonger. Tu penses si je laissais faire : j'aurais été trop naïve de bouger ! D'où il a conclu que je ne sauvais jamais personne. Tandis qu'à la vérité, je me disais : « C'est un farceur qui veut nous faire poser. Tire ta coupe et bois un petit bouillon, mon gaillard... j'ai les pattes nickelées ! »

— Ne vous fâchez pas ; je n'y suis pour rien.

— Possible. Mais au revoir.

Ce disant, elle me tourna le dos, bourrue.

J'étais ennuyé de lui avoir déplu, en retour de son obligeance à m'indiquer des points de repère, pour mes recherches. Si bien que je traversai, sans y prendre garde, un groupe étendu au soleil, entre des ballots, et vraiment peu rassurant.

Le plus âgé avait peut-être vingt ans, le plus jeune quatorze ou quinze. Ils portaient des casquettes étranges, des foulards rouges, des chaussons de lisière, et disaient des mots que je ne comprenais pas. Pour l'instant, ils pariaient à qui ferait, dans l'eau, le plus grand rond. Mais ils finissaient par manquer de projectiles.

— Attends voir, avec cette bûche-là !

La bûche, enlevée d'un tas de bois, décrivit une courbe et alla choir au milieu du fleuve.

Le garçon se retourna, triomphant :

Diane, la chienne de la brigade fluviale.

— Ça y est-il ?

— Peut-être bien. Mais, avec ton esbrouffe, si Diane ou l'Esquimau donnent l'éveil, nous allons avoir toute la brigade sur le dos !

— On ne peut pourtant pas jeter ses souliers.

— Oh ! pour ce qu'ils valent !

— Puis on en retrouvera toujours une paire à repiger.

La compagnie paraissant inquiétante, je m'efforçai de me faufiler sans attirer l'attention. Malheureusement, l'un de ces voyous, en marchant à reculons, m'appuya sur la patte, et je ne pus retenir un léger cri.

— Oh ! le cabot ! fit l'un.

— Qu'il est laid ! fit l'autre.

Du coup, j'étais vexé. Et comme l'on me tira la queue, je montrai les dents.

— Et hargneux avec ça ! Fiche-le à l'eau !

— Cette bêtise, il nagera !

— Bouge pas ! C'est moi qui vais gagner le litre !

3

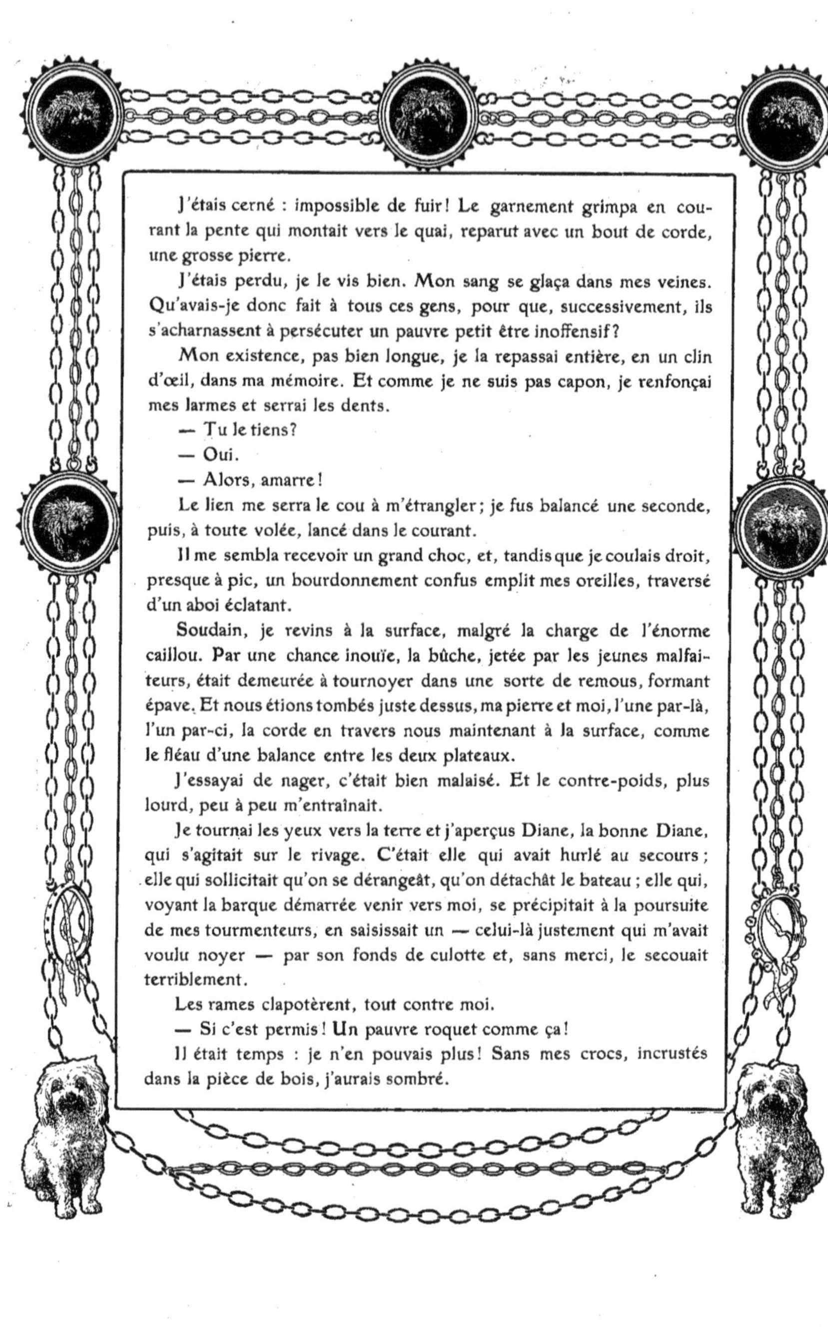

J'étais cerné : impossible de fuir ! Le garnement grimpa en courant la pente qui montait vers le quai, reparut avec un bout de corde, une grosse pierre.

J'étais perdu, je le vis bien. Mon sang se glaça dans mes veines. Qu'avais-je donc fait à tous ces gens, pour que, successivement, ils s'acharnassent à persécuter un pauvre petit être inoffensif ?

Mon existence, pas bien longue, je la repassai entière, en un clin d'œil, dans ma mémoire. Et comme je ne suis pas capon, je renfonçai mes larmes et serrai les dents.

— Tu le tiens ?

— Oui.

— Alors, amarre !

Le lien me serra le cou à m'étrangler ; je fus balancé une seconde, puis, à toute volée, lancé dans le courant.

Il me sembla recevoir un grand choc, et, tandis que je coulais droit, presque à pic, un bourdonnement confus emplit mes oreilles, traversé d'un aboi éclatant.

Soudain, je revins à la surface, malgré la charge de l'énorme caillou. Par une chance inouïe, la bûche, jetée par les jeunes malfaiteurs, était demeurée à tournoyer dans une sorte de remous, formant épave. Et nous étions tombés juste dessus, ma pierre et moi, l'une par-là, l'un par-ci, la corde en travers nous maintenant à la surface, comme le fléau d'une balance entre les deux plateaux.

J'essayai de nager, c'était bien malaisé. Et le contre-poids, plus lourd, peu à peu m'entraînait.

Je tournai les yeux vers la terre et j'aperçus Diane, la bonne Diane, qui s'agitait sur le rivage. C'était elle qui avait hurlé au secours ; elle qui sollicitait qu'on se dérangeât, qu'on détachât le bateau ; elle qui, voyant la barque démarrée venir vers moi, se précipitait à la poursuite de mes tourmenteurs, en saisissait un — celui-là justement qui m'avait voulu noyer — par son fonds de culotte et, sans merci, le secouait terriblement.

Les rames clapotèrent, tout contre moi.

— Si c'est permis ! Un pauvre roquet comme ça !

Il était temps : je n'en pouvais plus ! Sans mes crocs, incrustés dans la pièce de bois, j'aurais sombré.

L'homme se baissa, m'empoigna par la peau du cou, me hissa à bord. Et je fus ramené vers la rive... en quel état, on le devine !

Diane m'attendait : je lui sautai au museau.

— C'est, entre nous, à la vie, à la mort !

Je fus délivré de la pierre et de la corde, restauré, séché. C'était à qui, dans le poste fluvial, me témoignerait le plus de bienveillance.

— Parce que, vois-tu, ils savent ce que nous valons, me dit Diane, à force de nous fréquenter. Pourquoi ne resterais-tu pas ici ?

L'homme se baissa, m'empoigna par la peau du cou, me hissa à bord.

— Qu'y ferais-je ? Moi, je ne suis pas sauveteur, je n'ai pas la taille. Surveillant, ça ne m'irait pas. Et puis, vous savez, le paysage, je l'ai vu dans de mauvaises conditions !

— Ça, c'est vrai ! Mais ne te plains pas trop, puisque tu as profité d'un miracle. Le pire danger, pour nous, vois-tu, ce n'est pas la Seine (on ne meurt qu'une fois !), mais c'est là, derrière... rue de Pontoise.

— Quoi donc ?

— La Fourrière ! Nous, nous y allons coucher tous les soirs. Mais nous sommes des fonctionnaires privilégiés, invulnérables.

Et je fus ramené vers la rive... en quel état, on le devine !

Tandis que les autres ! Rappelle-le-toi bien, chien sans maître : la Fourrière, c'est le grand péril ! La prison, l'hécatombe... ou pire encore !

Elle frissonnait.

— Que saint Roch t'en garde! murmura-t-elle encore, tandis que je me décidais, pour n'être pas taxé par elle d'ingratitude, à lui raconter mon histoire, à lui révéler mon serment.

Alors, elle hocha la tête :

— Tu as raison, petit Sac-à-Tout. Je souhaiterais que mes enfants te ressemblassent, aient comme toi le respect de la parole donnée. Va, mon fils, n'oublie pas mes instructions, quant à Boule-de-Jais, et si tu le veux, Tototte et Tape-à-l'Œil. Souviens-toi aussi que tu as en moi une amie.

Et je m'éloignai, désormais moins seul, mais le cœur un peu gros.

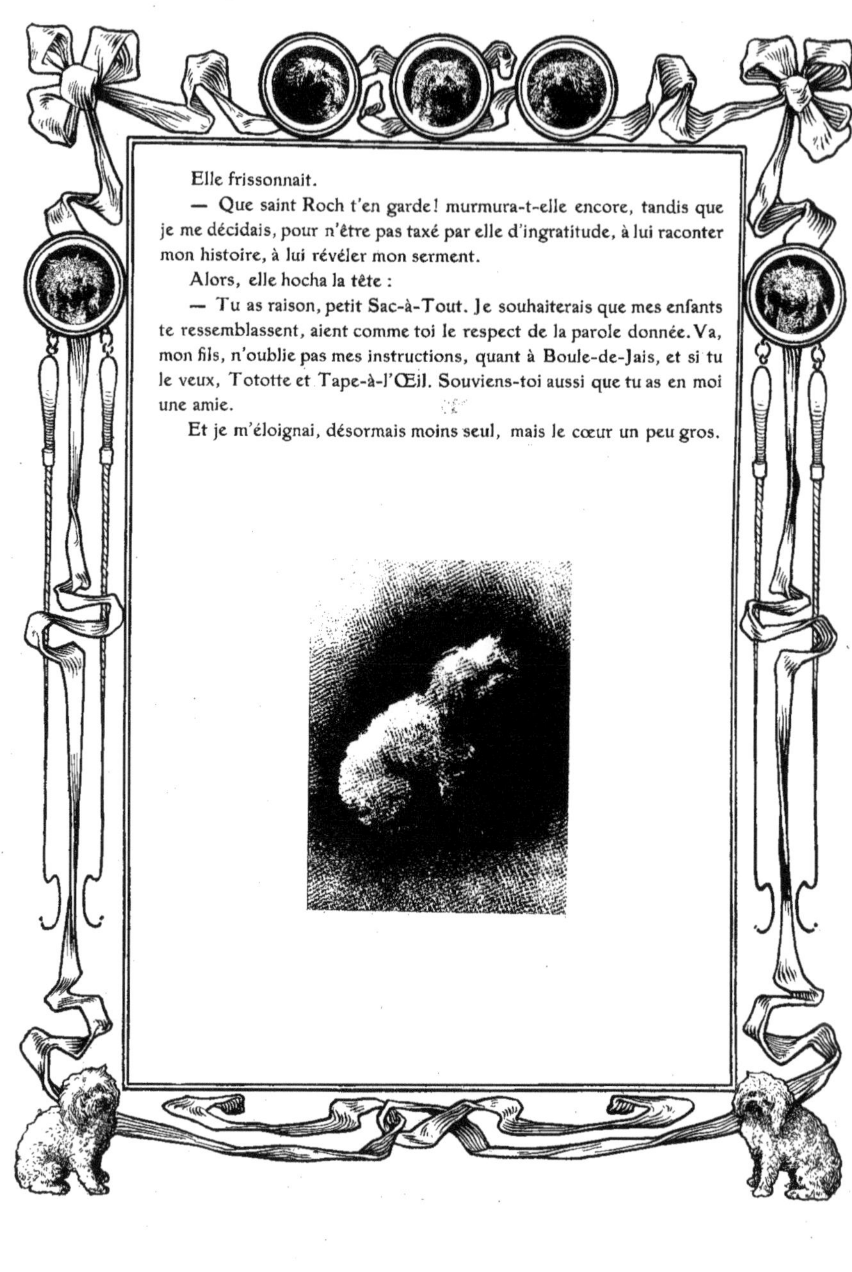

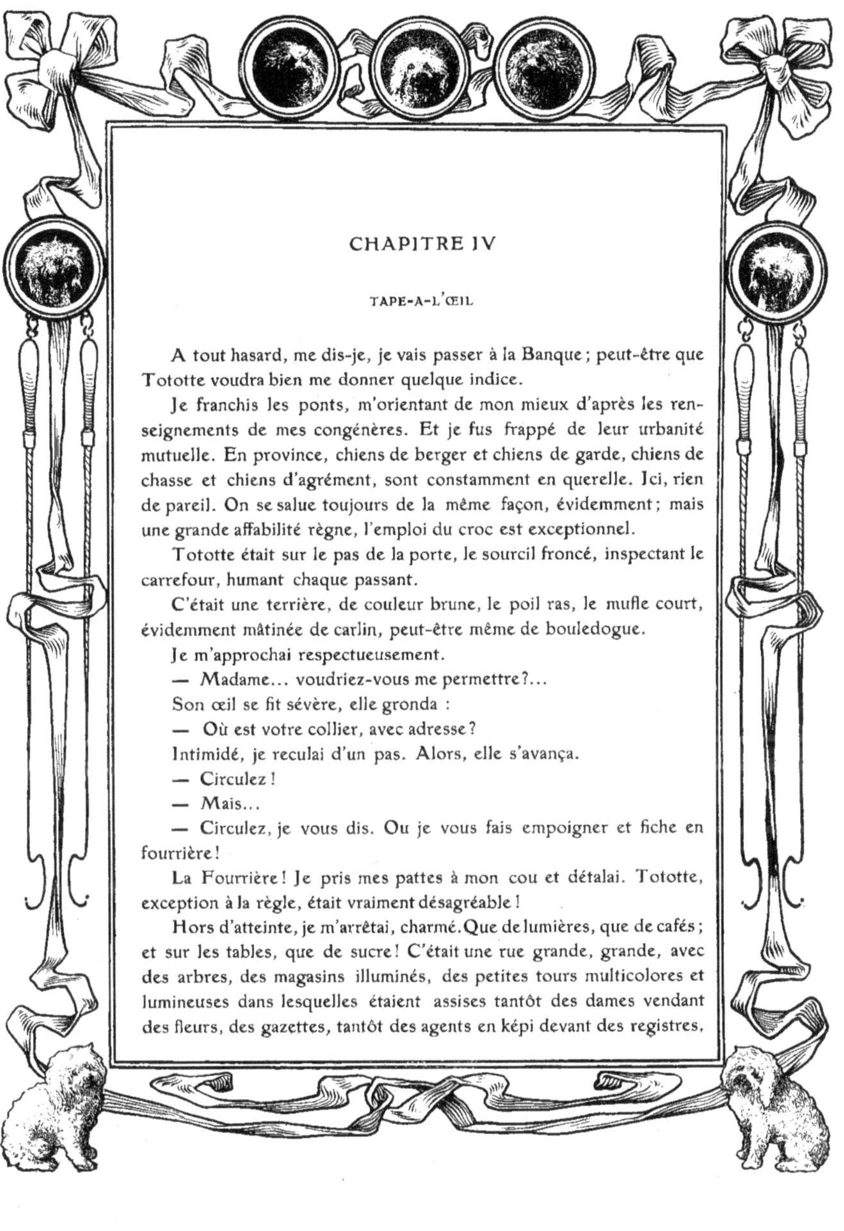

CHAPITRE IV

TAPE-A-L'ŒIL

A tout hasard, me dis-je, je vais passer à la Banque ; peut-être que Tototte voudra bien me donner quelque indice.

Je franchis les ponts, m'orientant de mon mieux d'après les renseignements de mes congénères. Et je fus frappé de leur urbanité mutuelle. En province, chiens de berger et chiens de garde, chiens de chasse et chiens d'agrément, sont constamment en querelle. Ici, rien de pareil. On se salue toujours de la même façon, évidemment ; mais une grande affabilité règne, l'emploi du croc est exceptionnel.

Tototte était sur le pas de la porte, le sourcil froncé, inspectant le carrefour, humant chaque passant.

C'était une terrière, de couleur brune, le poil ras, le mufle court, évidemment mâtinée de carlin, peut-être même de bouledogue.

Je m'approchai respectueusement.

— Madame... voudriez-vous me permettre ?...

Son œil se fit sévère, elle gronda :

— Où est votre collier, avec adresse ?

Intimidé, je reculai d'un pas. Alors, elle s'avança.

— Circulez !

— Mais...

— Circulez, je vous dis. Ou je vous fais empoigner et fiche en fourrière !

La Fourrière ! Je pris mes pattes à mon cou et détalai. Tototte, exception à la règle, était vraiment désagréable !

Hors d'atteinte, je m'arrêtai, charmé. Que de lumières, que de cafés ; et sur les tables, que de sucre ! C'était une rue grande, grande, avec des arbres, des magasins illuminés, des petites tours multicolores et lumineuses dans lesquelles étaient assises tantôt des dames vendant des fleurs, des gazettes, tantôt des agents en képi devant des registres,

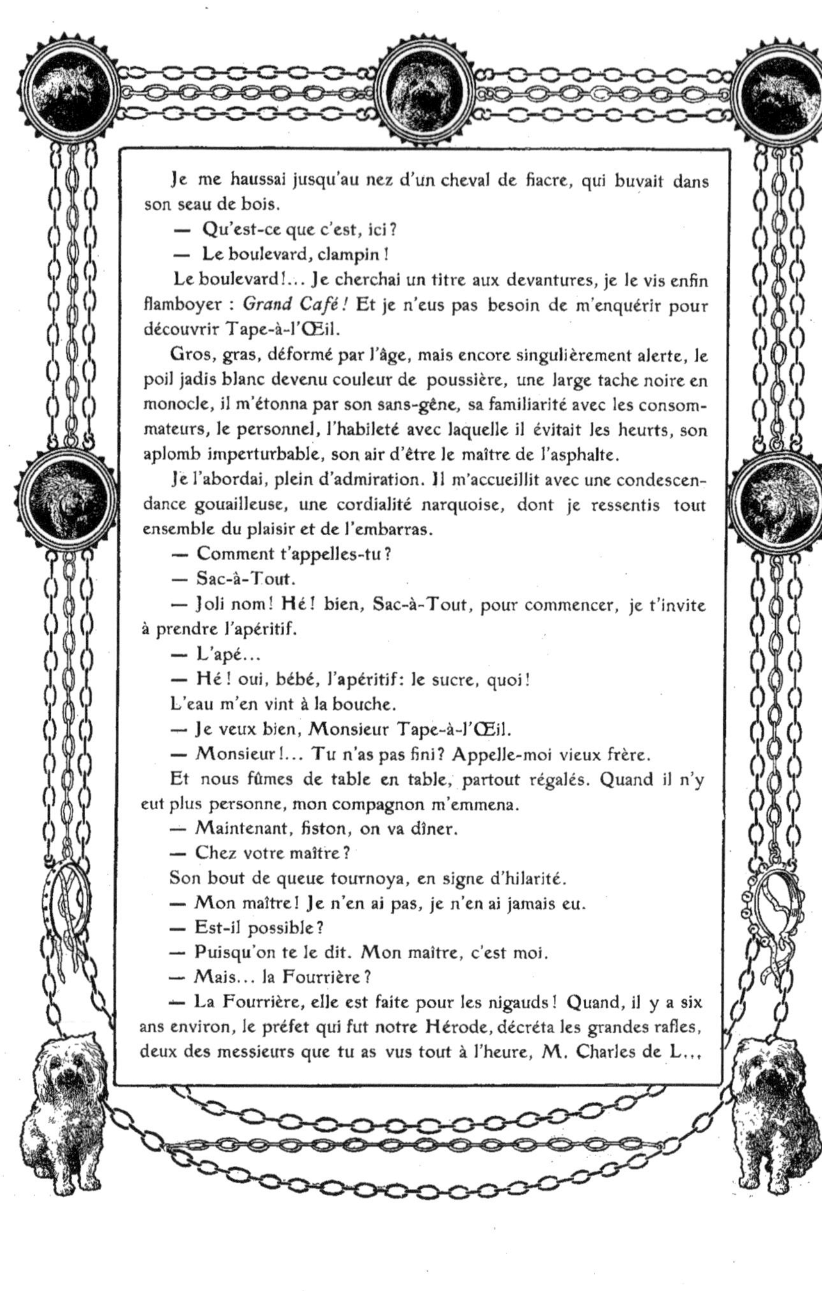

Je me haussai jusqu'au nez d'un cheval de fiacre, qui buvait dans son seau de bois.

— Qu'est-ce que c'est, ici?

— Le boulevard, clampin !

Le boulevard !... Je cherchai un titre aux devantures, je le vis enfin flamboyer : *Grand Café !* Et je n'eus pas besoin de m'enquérir pour découvrir Tape-à-l'Œil.

Gros, gras, déformé par l'âge, mais encore singulièrement alerte, le poil jadis blanc devenu couleur de poussière, une large tache noire en monocle, il m'étonna par son sans-gêne, sa familiarité avec les consommateurs, le personnel, l'habileté avec laquelle il évitait les heurts, son aplomb imperturbable, son air d'être le maître de l'asphalte.

Je l'abordai, plein d'admiration. Il m'accueillit avec une condescendance gouailleuse, une cordialité narquoise, dont je ressentis tout ensemble du plaisir et de l'embarras.

— Comment t'appelles-tu ?

— Sac-à-Tout.

— Joli nom ! Hé ! bien, Sac-à-Tout, pour commencer, je t'invite à prendre l'apéritif.

— L'apé...

— Hé ! oui, bébé, l'apéritif: le sucre, quoi !

L'eau m'en vint à la bouche.

— Je veux bien, Monsieur Tape-à-l'Œil.

— Monsieur !... Tu n'as pas fini? Appelle-moi vieux frère.

Et nous fûmes de table en table, partout régalés. Quand il n'y eut plus personne, mon compagnon m'emmena.

— Maintenant, fiston, on va dîner.

— Chez votre maître ?

Son bout de queue tournoya, en signe d'hilarité.

— Mon maître ! Je n'en ai pas, je n'en ai jamais eu.

— Est-il possible ?

— Puisqu'on te le dit. Mon maître, c'est moi.

— Mais... la Fourrière ?

— La Fourrière, elle est faite pour les nigauds ! Quand, il y a six ans environ, le préfet qui fut notre Hérode, décréta les grandes rafles, deux des messieurs que tu as vus tout à l'heure, M. Charles de L..., et M. de F..., s'en furent le trouver à son cabinet pour intercéder en ma faveur — parfaitement ! — et obtenir que mes habitudes ne fussent pas troublées.

— Oh !.. Et ils ont réussi ?

— Certes. Je demeurai tranquille, narguant les agents. Pourquoi ? Parce que je suis du Tout-Paris, simplement ; parce que je suis un « type », et qu'on me montre aux étrangers.

— C'est magnifique, cela.

Il eut un regard de malice.

— Oui, mais pas à la portée de tout le monde. Allons, nous voilà à notre premier Duval : passe devant.

Quel dîner ! Je n'en revenais pas ! Et après, on a pris le café, aux « terrasses », soit du sucre encore trempé dans des tas de liqueurs fines, tantôt douces, tantôt fortes... je me sentais devenir très gai, et mes pattes me semblaient légères, légères.

Je disais mes aventures, je m'attendrissais sur les autres et sur moi-même, je m'étayais de l'épaule à l'impassible Tape-à-l'Œil.

Il m'emmena au music-hall, sous les tables : j'entendis chanter Polin et Yvette Guilbert ! Il m'emmena souper chez Peters ; il m'emmena resouper aux Halles, chez Baratte !...

Je me retrouvai près de la Fontaine des Innocents, à l'aube levante. Tape-à-l'Œil, ironique, contemplait mon malaise et mon abrutissement.

— Et tu sais, si le cœur t'en dit, à ce soir ! goguenarda-t-il en s'éloignant.

Le cœur ne m'en disait point... il était bien trop barbouillé !...

Puis, tout inexpérimenté que je fusse, ma fierté se regimbait, instinctivement, contre cette sorte d'existence. Tape-

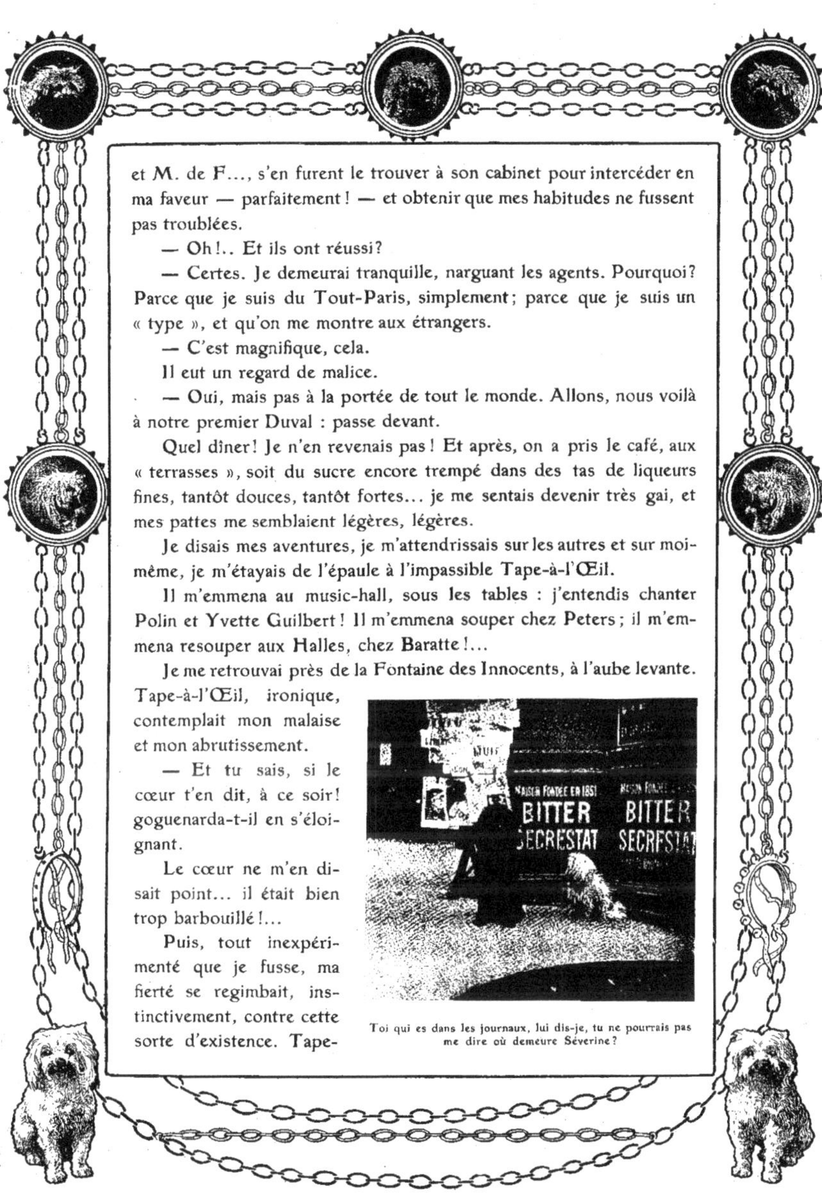

Toi qui es dans les journaux, lui dis-je, tu ne pourrais pas me dire où demeure Séverine ?

à-l'Œil m'avait fait partager ses bombances, mais il avait écouté mon récit d'une oreille distraite ; avait plutôt raillé ma soumission au vœu maternel. Je n'avais reçu de lui ni un sage conseil, ni un avis utile — rien que l'invitation à devenir, à son exemple et en sa compagnie, un fainéant, un goinfre, un parasite !

Ce n'était pas pour cela que j'avais renoncé à la gloire !

J'errai donc un peu à travers les Halles ; puis, par une rue très longue, j'arrivai à un endroit où des gens, affairés, sortaient d'une ruelle adjacente, avec des liasses imprimées sur la tête, et se répandaient dans toutes les directions. Enfin, je débouchai sur le boulevard Montmartre, comme s'ouvraient les kiosques.

Boule-de-Jais était un superbe caniche noir, tout frisé, tout soyeux, avec une physionomie qui m'inspira tout de suite confiance.

— Toi qui es dans les journaux, lui dis-je, tu ne pourrais pas me dire où demeure Séverine ?

Il se tapa joyeusement avec sa patte de derrière sur le gigot de devant.

Séverine ? Tiens c'est là, en face, au 14.

— Séverine ? Comme ça se trouve ! C'est justement ma patronne qui lui fournit ses quotidiens ! Tiens, c'est là, en face, au 14.

— Ah ! quel bonheur !

— Tu vois bien, quatrième au-dessus de l'entresol, le balcon fleuri, ce jardin suspendu plein de lierres, de vignes vierges, de roses grimpantes.

— Oui, je vois...

A la vérité, je ne voyais pas. Si près du but, après avoir tant peiné, tant risqué pour l'atteindre, je défaillais presque d'allégresse, une petite buée me voilait le regard.

— Seulement, mon ami,

si c'est que tu voudrais la rencontrer, tu tombes mal.

— Pourquoi cela?

— Parce qu'il n'y a qu'une seule persienne d'ouverte.

— C'est qu'on sommeille encore là-haut?

— Non, c'est qu'on est absent.

— Loin?

— Oh! très loin. La gouvernante, qui a passé l'autre jour, a dit à ma maîtresse que le séjour ailleurs durerait bien six mois!

Il me sembla que la terre s'entr'ouvrait pour m'engloutir. Six mois! Je laissai là Boule-de-Jais, et montai sur un banc, près de pauvres malheureux comme moi, je le devinais bien, sans abri et sans pain.

Que faire?... Que devenir?...

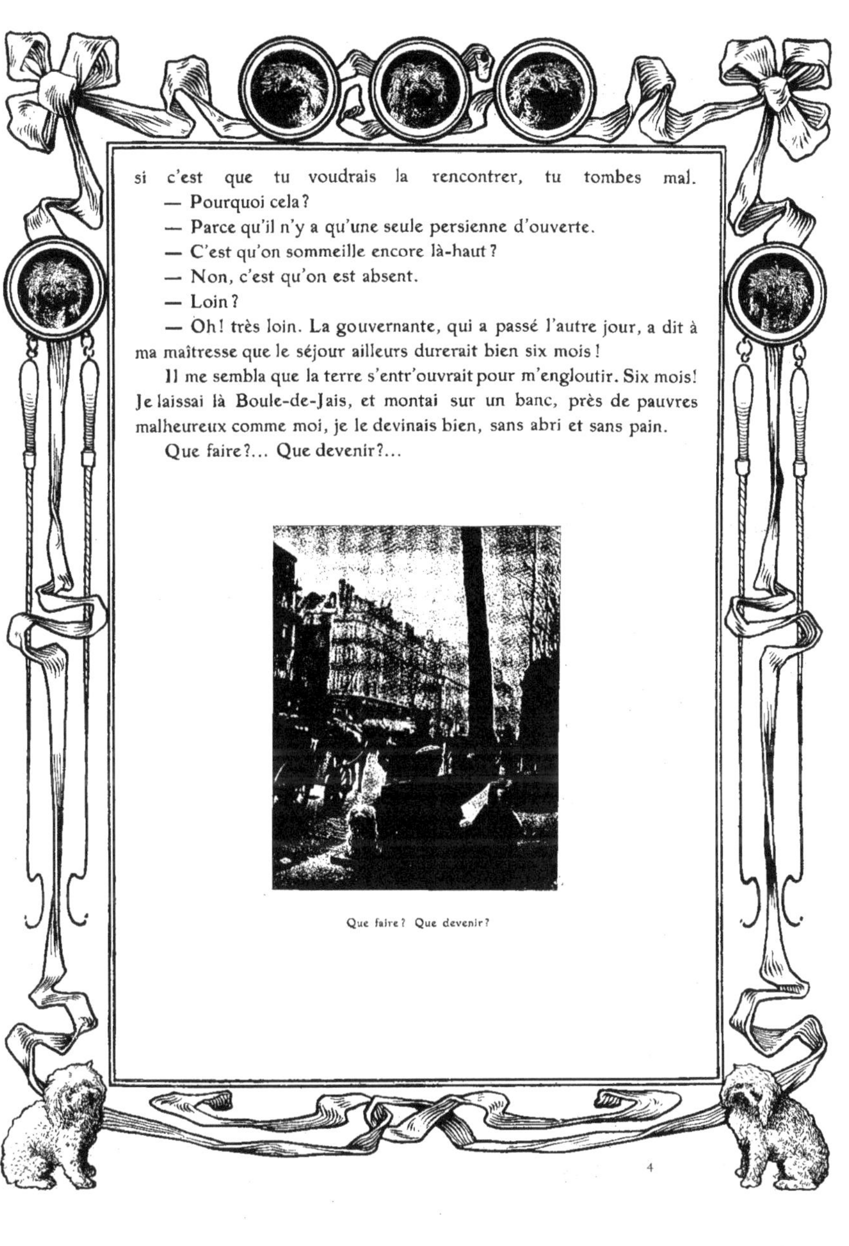

Que faire? Que devenir?

4

CHAPITRE V

Alors commença la période la plus atroce de ma vie. Ce que j'ai eu faim ! Ce que j'ai eu froid ! J'ai connu la misère noire, mangeant, dans les poubelles ce que je pouvais récolter, après le passage des chiffonniers, des gros chiens, des chats féroces !

C'était pourri, nauséabond ; mais la famine me tenaillait à tel point que j'en avais perdu, je crois, l'odorat et le goût. J'allai, aux Tuileries, disputer, aux moineaux, les miettes que leur jetaient les charmeurs ; je suivis les enfants mordant une tartine ;

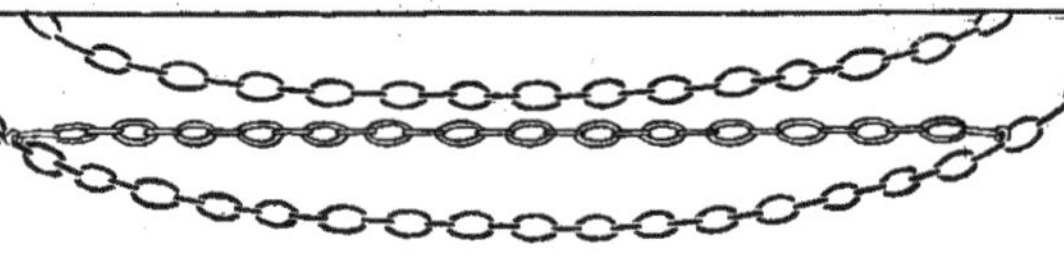

J'ai connu la misère noire...

j'implorai, aux portes des casernes, la pitié des indigents achevant les fonds de gamelle que leur repassaient les soldats !

Un soir, ma souffrance fut telle que je rongeai le cuir d'une vieille bottine !

Et j'ai couché sous les ponts, dans les fours à plâtre, dans des chantiers de démolitions !

J'ai senti l'ombre immense de la nuit s'appesantir sur moi, alors que, tout frêle, tout transi, je me blottissais sous l'aile de l'arche, suppliant le destin de ne me point livrer aux méchants !

J'ai assisté à des spectacles de violence terrible, à des rixes où des êtres humains se ruaient l'un contre l'autre pour s'exterminer. Et si pauvre animal que je fusse, je bénissais le ciel de m'avoir fait chien.

J'ai essayé cent fois de me faire adopter, de suivre un passant, de

J'ai couché sous les ponts. J'ai senti l'ombre immense de la nuit s'appesantir sur moi, alors que, tout frêle, tout transi, je me blottissais sous l'aile de l'arche, suppliant le destin de ne me point livrer aux méchants!

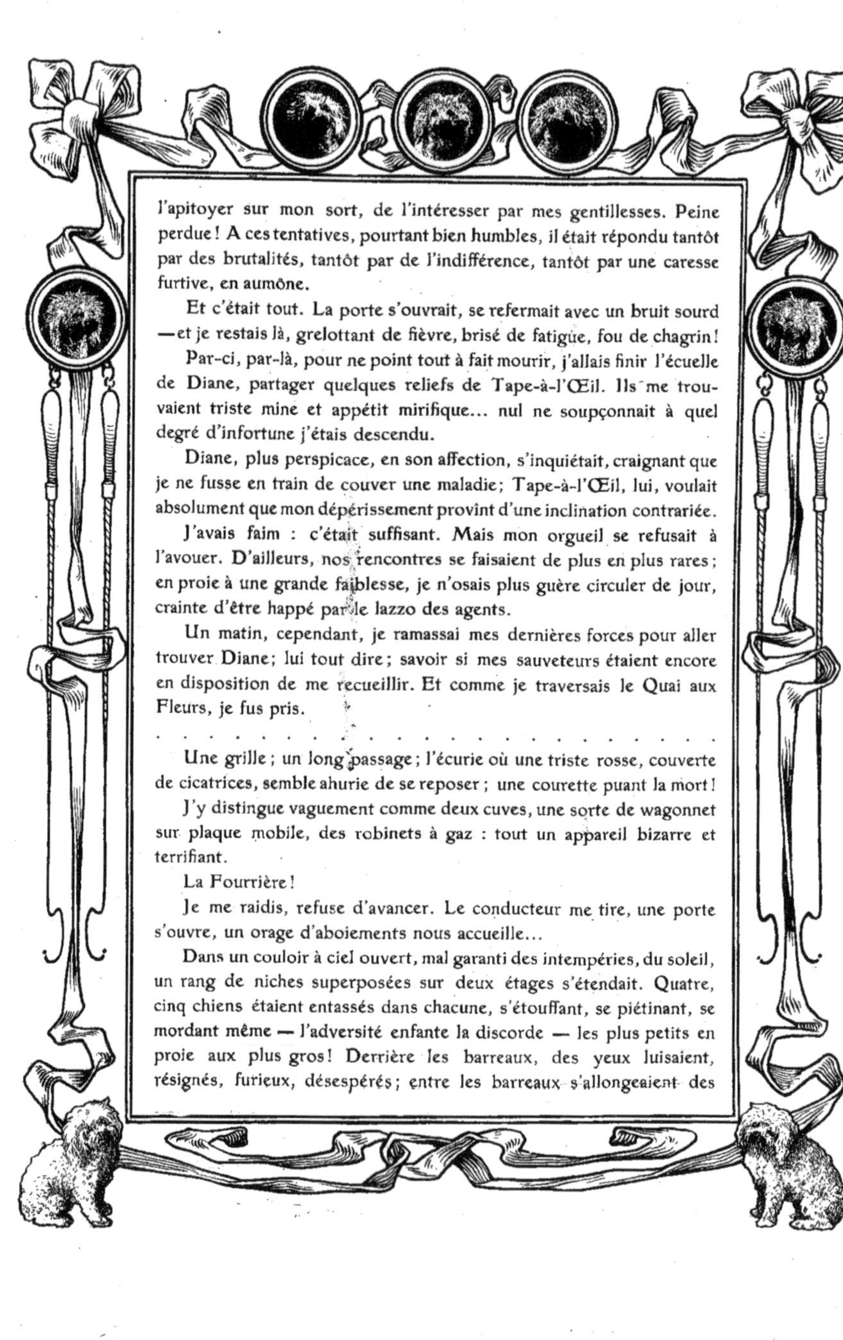

l'apitoyer sur mon sort, de l'intéresser par mes gentillesses. Peine perdue ! A ces tentatives, pourtant bien humbles, il était répondu tantôt par des brutalités, tantôt par de l'indifférence, tantôt par une caresse furtive, en aumône.

Et c'était tout. La porte s'ouvrait, se refermait avec un bruit sourd —et je restais là, grelottant de fièvre, brisé de fatigue, fou de chagrin !

Par-ci, par-là, pour ne point tout à fait mourir, j'allais finir l'écuelle de Diane, partager quelques reliefs de Tape-à-l'Œil. Ils me trouvaient triste mine et appétit mirifique... nul ne soupçonnait à quel degré d'infortune j'étais descendu.

Diane, plus perspicace, en son affection, s'inquiétait, craignant que je ne fusse en train de couver une maladie ; Tape-à-l'Œil, lui, voulait absolument que mon dépérissement provînt d'une inclination contrariée.

J'avais faim : c'était suffisant. Mais mon orgueil se refusait à l'avouer. D'ailleurs, nos rencontres se faisaient de plus en plus rares ; en proie à une grande faiblesse, je n'osais plus guère circuler de jour, crainte d'être happé par le lazzo des agents.

Un matin, cependant, je ramassai mes dernières forces pour aller trouver Diane ; lui tout dire ; savoir si mes sauveteurs étaient encore en disposition de me recueillir. Et comme je traversais le Quai aux Fleurs, je fus pris.

.   .   .   .

Une grille ; un long passage ; l'écurie où une triste rosse, couverte de cicatrices, semble ahurie de se reposer ; une courette puant la mort !

J'y distingue vaguement comme deux cuves, une sorte de wagonnet sur plaque mobile, des robinets à gaz : tout un appareil bizarre et terrifiant.

La Fourrière !

Je me raidis, refuse d'avancer. Le conducteur me tire, une porte s'ouvre, un orage d'aboiements nous accueille...

Dans un couloir à ciel ouvert, mal garanti des intempéries, du soleil, un rang de niches superposées sur deux étages s'étendait. Quatre, cinq chiens étaient entassés dans chacune, s'étouffant, se piétinant, se mordant même — l'adversité enfante la discorde — les plus petits en proie aux plus gros ! Derrière les barreaux, des yeux luisaient, résignés, furieux, désespérés ; entre les barreaux s'allongeaient des

La Fourrière! Je me raidis, refuse d'avancer, le conducteur me tire, une porte s'ouvre!

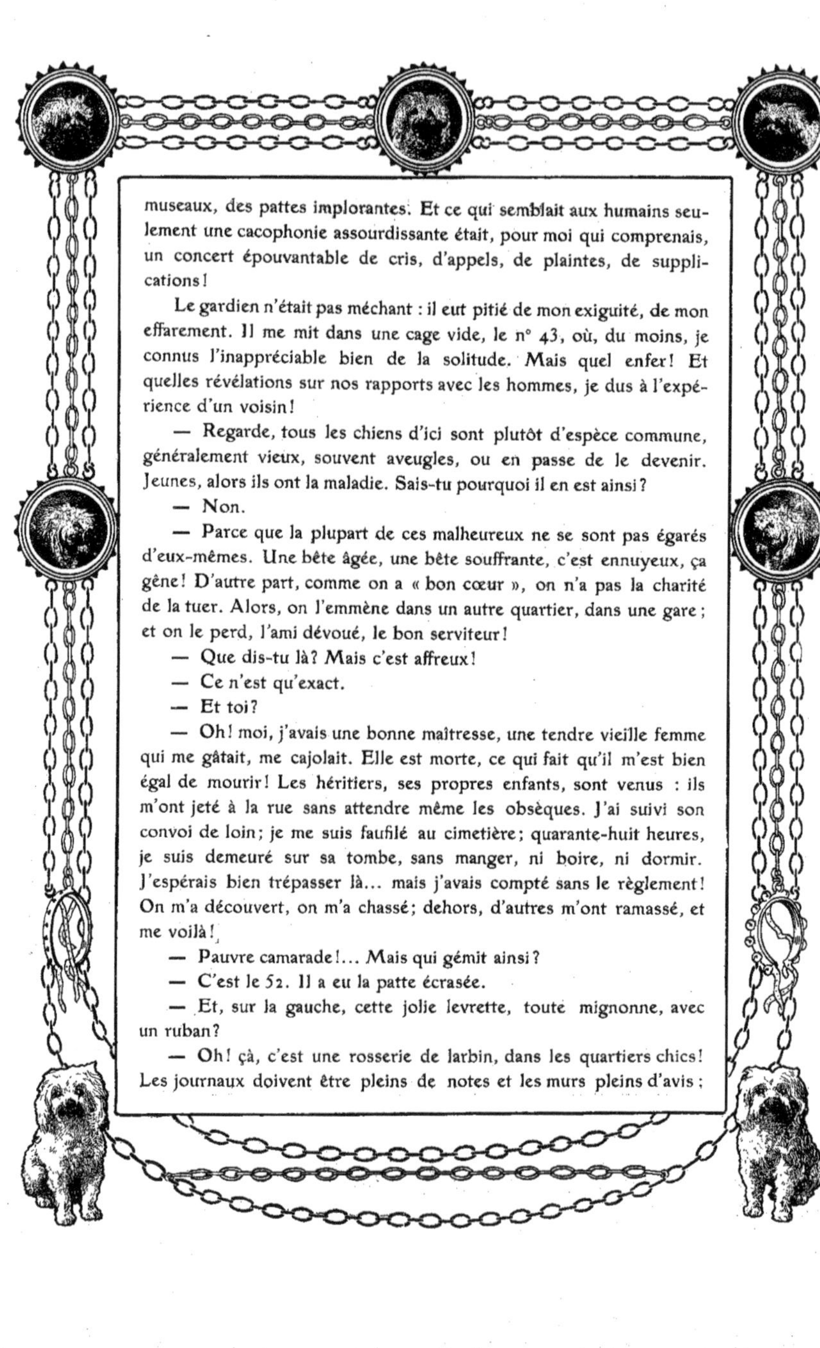

museaux, des pattes implorantes. Et ce qui semblait aux humains seulement une cacophonie assourdissante était, pour moi qui comprenais,
un concert épouvantable de cris, d'appels, de plaintes, de suppli-
cations!

Le gardien n'était pas méchant : il eut pitié de mon exiguité, de mon
effarement. Il me mit dans une cage vide, le n° 43, où, du moins, je
connus l'inappréciable bien de la solitude. Mais quel enfer! Et
quelles révélations sur nos rapports avec les hommes, je dus à l'expérience d'un voisin!

— Regarde, tous les chiens d'ici sont plutôt d'espèce commune,
généralement vieux, souvent aveugles, ou en passe de le devenir.
Jeunes, alors ils ont la maladie. Sais-tu pourquoi il en est ainsi?

— Non.

— Parce que la plupart de ces malheureux ne se sont pas égarés
d'eux-mêmes. Une bête âgée, une bête souffrante, c'est ennuyeux, ça
gêne! D'autre part, comme on a « bon cœur », on n'a pas la charité
de la tuer. Alors, on l'emmène dans un autre quartier, dans une gare ;
et on le perd, l'ami dévoué, le bon serviteur!

— Que dis-tu là? Mais c'est affreux!

— Ce n'est qu'exact.

— Et toi?

— Oh! moi, j'avais une bonne maîtresse, une tendre vieille femme
qui me gâtait, me cajolait. Elle est morte, ce qui fait qu'il m'est bien
égal de mourir! Les héritiers, ses propres enfants, sont venus : ils
m'ont jeté à la rue sans attendre même les obsèques. J'ai suivi son
convoi de loin; je me suis faufilé au cimetière; quarante-huit heures,
je suis demeuré sur sa tombe, sans manger, ni boire, ni dormir.
J'espérais bien trépasser là... mais j'avais compté sans le règlement!
On m'a découvert, on m'a chassé; dehors, d'autres m'ont ramassé, et
me voilà!

— Pauvre camarade!... Mais qui gémit ainsi?

— C'est le 52. Il a eu la patte écrasée.

— Et, sur la gauche, cette jolie levrette, toute mignonne, avec
un ruban?

— Oh! ça, c'est une rosserie de larbin, dans les quartiers chics!
Les journaux doivent être pleins de notes et les murs pleins d'avis;

Dans un couloir à ciel ouvert, mal garanti des intempéries, du soleil, un rang de niches superposées sur deux étages s'étendait.

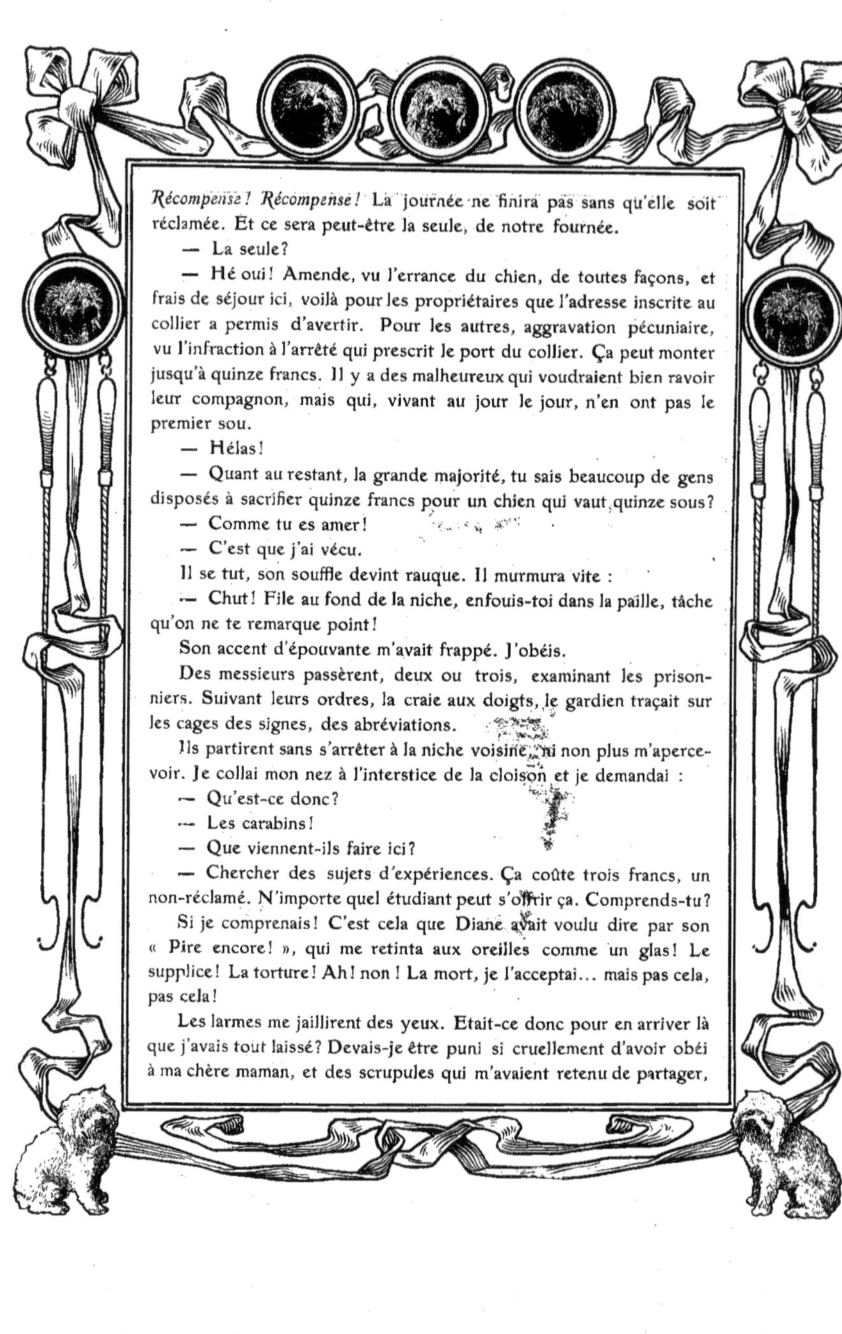

Récompense! Récompense! La journée ne finira pas sans qu'elle soit réclamée. Et ce sera peut-être la seule, de notre fournée.

— La seule?

— Hé oui! Amende, vu l'errance du chien, de toutes façons, et frais de séjour ici, voilà pour les propriétaires que l'adresse inscrite au collier a permis d'avertir. Pour les autres, aggravation pécuniaire, vu l'infraction à l'arrêté qui prescrit le port du collier. Ça peut monter jusqu'à quinze francs. Il y a des malheureux qui voudraient bien ravoir leur compagnon, mais qui, vivant au jour le jour, n'en ont pas le premier sou.

— Hélas!

— Quant au restant, la grande majorité, tu sais beaucoup de gens disposés à sacrifier quinze francs pour un chien qui vaut quinze sous?

— Comme tu es amer!

— C'est que j'ai vécu.

Il se tut, son souffle devint rauque. Il murmura vite :

— Chut! File au fond de la niche, enfouis-toi dans la paille, tâche qu'on ne te remarque point!

Son accent d'épouvante m'avait frappé. J'obéis.

Des messieurs passèrent, deux ou trois, examinant les prisonniers. Suivant leurs ordres, la craie aux doigts, le gardien traçait sur les cages des signes, des abréviations.

Ils partirent sans s'arrêter à la niche voisine, ni non plus m'apercevoir. Je collai mon nez à l'interstice de la cloison et je demandai :

— Qu'est-ce donc?

— Les carabins!

— Que viennent-ils faire ici?

— Chercher des sujets d'expériences. Ça coûte trois francs, un non-réclamé. N'importe quel étudiant peut s'offrir ça. Comprends-tu?

Si je comprenais! C'est cela que Diane avait voulu dire par son « Pire encore! », qui me retinta aux oreilles comme un glas! Le supplice! La torture! Ah! non! La mort, je l'acceptai... mais pas cela, pas cela!

Les larmes me jaillirent des yeux. Etait-ce donc pour en arriver là que j'avais tout laissé? Devais-je être puni si cruellement d'avoir obéi à ma chère maman, et des scrupules qui m'avaient retenu de partager,

soit les fonctions de Diane, soit les expédients de Tape-à-l'Œil?
La nuit tomba, le calme vint. Assis, les prunelles ouvertes, dans

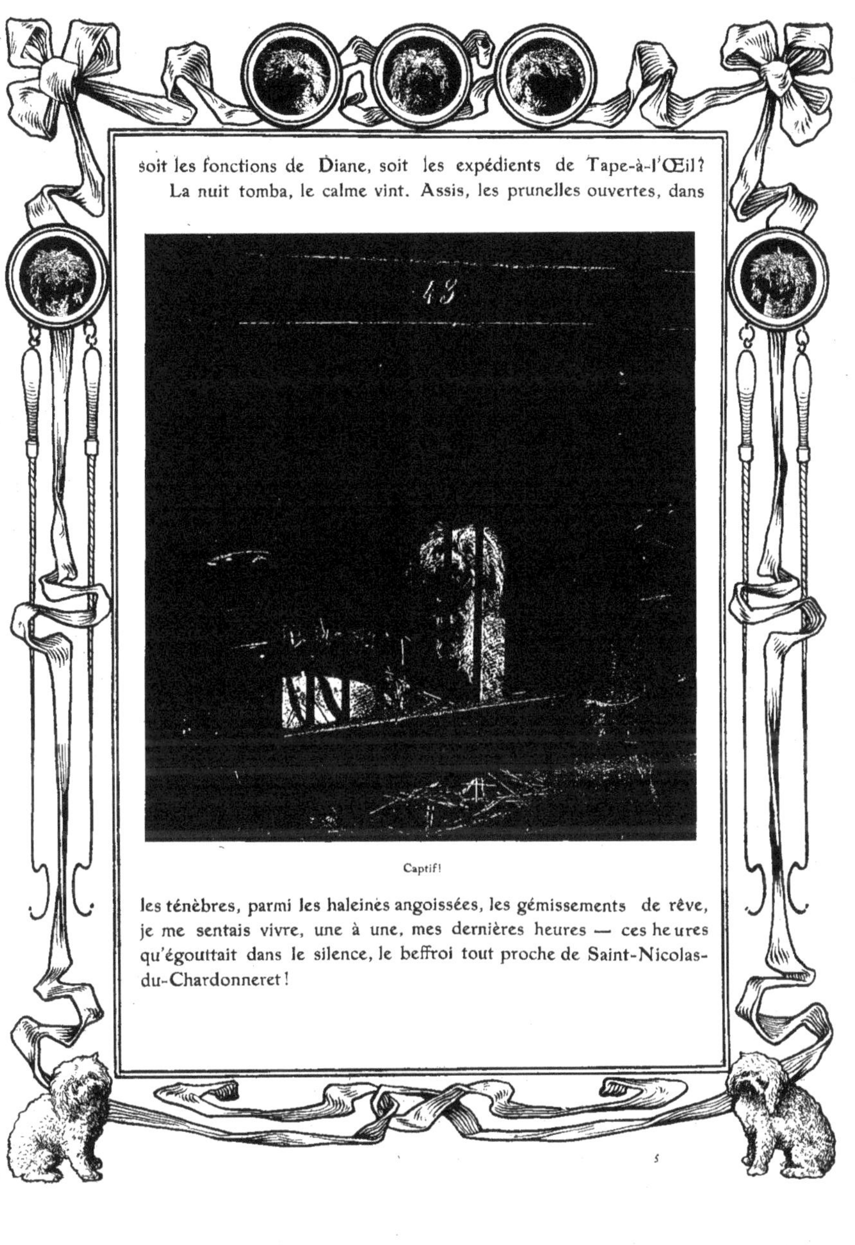

Captif!

les ténèbres, parmi les haleines angoissées, les gémissements de rêve,
je me sentais vivre, une à une, mes dernières heures — ces heures
qu'égouttait dans le silence, le beffroi tout proche de Saint-Nicolas-
du-Chardonneret !

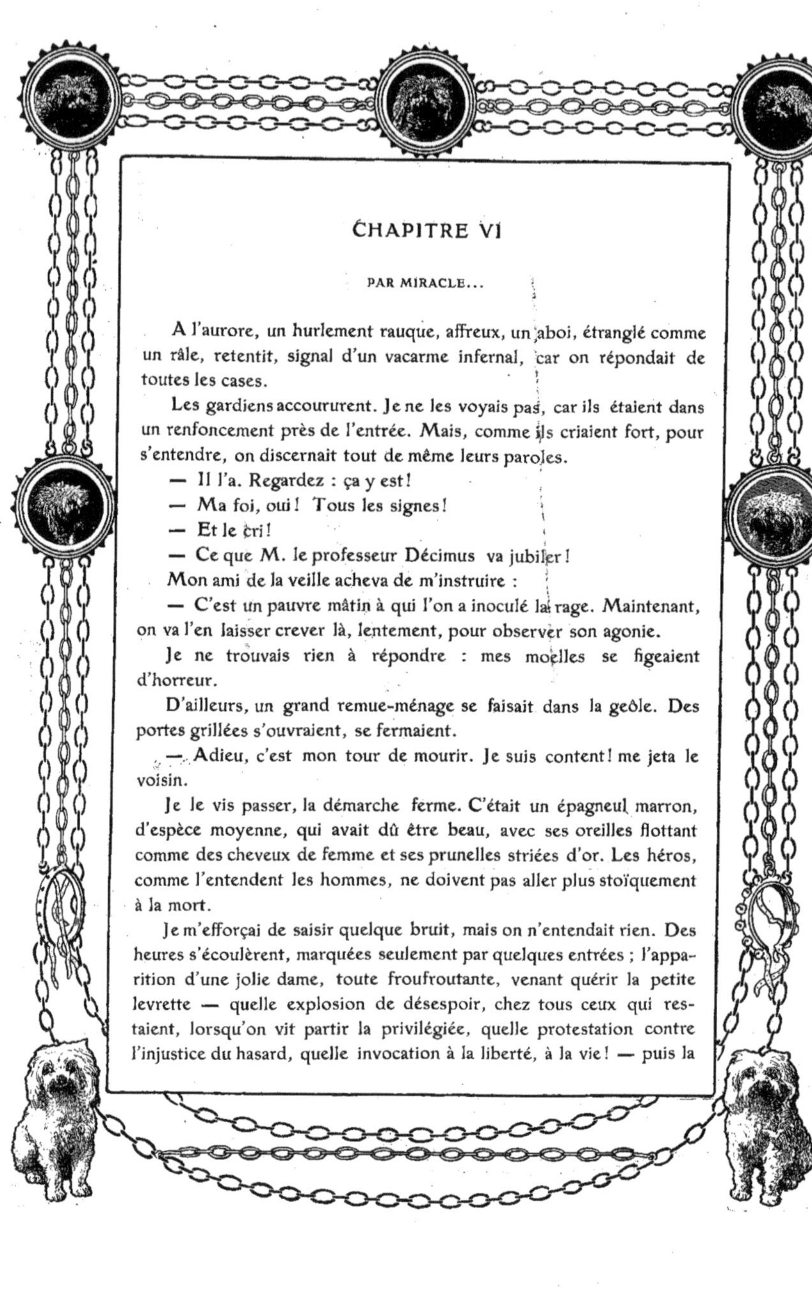

CHAPITRE VI

A l'aurore, un hurlement rauque, affreux, un aboi, étranglé comme un râle, retentit, signal d'un vacarme infernal, car on répondait de toutes les cases.

Les gardiens accoururent. Je ne les voyais pas, car ils étaient dans un renfoncement près de l'entrée. Mais, comme ils criaient fort, pour s'entendre, on discernait tout de même leurs paroles.

— Il l'a. Regardez : ça y est!

— Ma foi, oui! Tous les signes!

— Et le cri!

— Ce que M. le professeur Décimus va jubiler!

Mon ami de la veille acheva de m'instruire :

— C'est un pauvre mâtin à qui l'on a inoculé la rage. Maintenant, on va l'en laisser crever là, lentement, pour observer son agonie.

Je ne trouvais rien à répondre : mes moelles se figeaient d'horreur.

D'ailleurs, un grand remue-ménage se faisait dans la geôle. Des portes grillées s'ouvraient, se fermaient.

— Adieu, c'est mon tour de mourir. Je suis content! me jeta le voisin.

Je le vis passer, la démarche ferme. C'était un épagneul marron, d'espèce moyenne, qui avait dû être beau, avec ses oreilles flottant comme des cheveux de femme et ses prunelles striées d'or. Les héros, comme l'entendent les hommes, ne doivent pas aller plus stoïquement à la mort.

Je m'efforçai de saisir quelque bruit, mais on n'entendait rien. Des heures s'écoulèrent, marquées seulement par quelques entrées ; l'apparition d'une jolie dame, toute froufroutante, venant quérir la petite levrette — quelle explosion de désespoir, chez tous ceux qui restaient, lorsqu'on vit partir la privilégiée, quelle protestation contre l'injustice du hasard, quelle invocation à la liberté, à la vie! — puis la

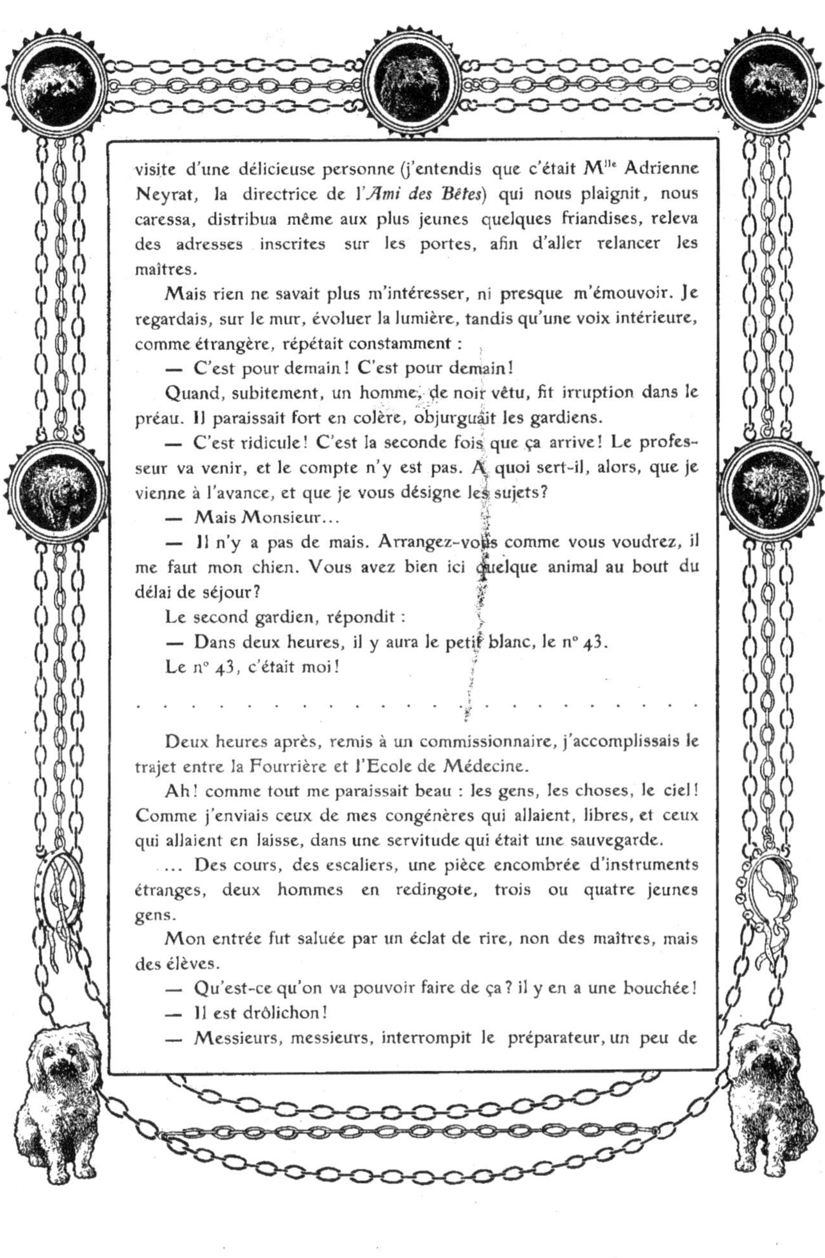

visite d'une délicieuse personne (j'entendis que c'était Mlle Adrienne Neyrat, la directrice de l'*Ami des Bêtes*) qui nous plaignit, nous caressa, distribua même aux plus jeunes quelques friandises, releva des adresses inscrites sur les portes, afin d'aller relancer les maîtres.

Mais rien ne savait plus m'intéresser, ni presque m'émouvoir. Je regardais, sur le mur, évoluer la lumière, tandis qu'une voix intérieure, comme étrangère, répétait constamment :

— C'est pour demain ! C'est pour demain !

Quand, subitement, un homme, de noir vêtu, fit irruption dans le préau. Il paraissait fort en colère, objurguait les gardiens.

— C'est ridicule ! C'est la seconde fois que ça arrive ! Le professeur va venir, et le compte n'y est pas. A quoi sert-il, alors, que je vienne à l'avance, et que je vous désigne les sujets ?

— Mais Monsieur…

— Il n'y a pas de mais. Arrangez-vous comme vous voudrez, il me faut mon chien. Vous avez bien ici quelque animal au bout du délai de séjour ?

Le second gardien, répondit :

— Dans deux heures, il y aura le petit blanc, le n° 43.

Le n° 43, c'était moi !

. . . .

Deux heures après, remis à un commissionnaire, j'accomplissais le trajet entre la Fourrière et l'Ecole de Médecine.

Ah ! comme tout me paraissait beau : les gens, les choses, le ciel ! Comme j'enviais ceux de mes congénères qui allaient, libres, et ceux qui allaient en laisse, dans une servitude qui était une sauvegarde.

… Des cours, des escaliers, une pièce encombrée d'instruments étranges, deux hommes en redingote, trois ou quatre jeunes gens.

Mon entrée fut saluée par un éclat de rire, non des maîtres, mais des élèves.

— Qu'est-ce qu'on va pouvoir faire de ça ? il y en a une bouchée !

— Il est drôlichon !

— Messieurs, messieurs, interrompit le préparateur, un peu de silence, je vous prie. Et beaucoup d'attention. Pour chétive que soit cette bête, elle a peut-être le système nerveux très développé ! Nous allons examiner la gorge.

J'étais chez le professeur Décimus, plus de doute ! Ce devait être ce chauve, avec un binocle, qui avait l'air si implacable, et si éminent.

Tandis qu'on lavait la planche — déjà pleine de sang, horreur ! — que l'on y replaçait des clous auxquels on fixait des liens, je rampai jusqu'à l'un des étudiants, qui cherchait des bocaux au bas d'un placard, et, tout doucement, je lui léchai la main.

— Pauvre toutou ! fit-il en me caressant.

Mais je fus quand même étendu sur la table, ligotté. Le chirurgien se pencha,

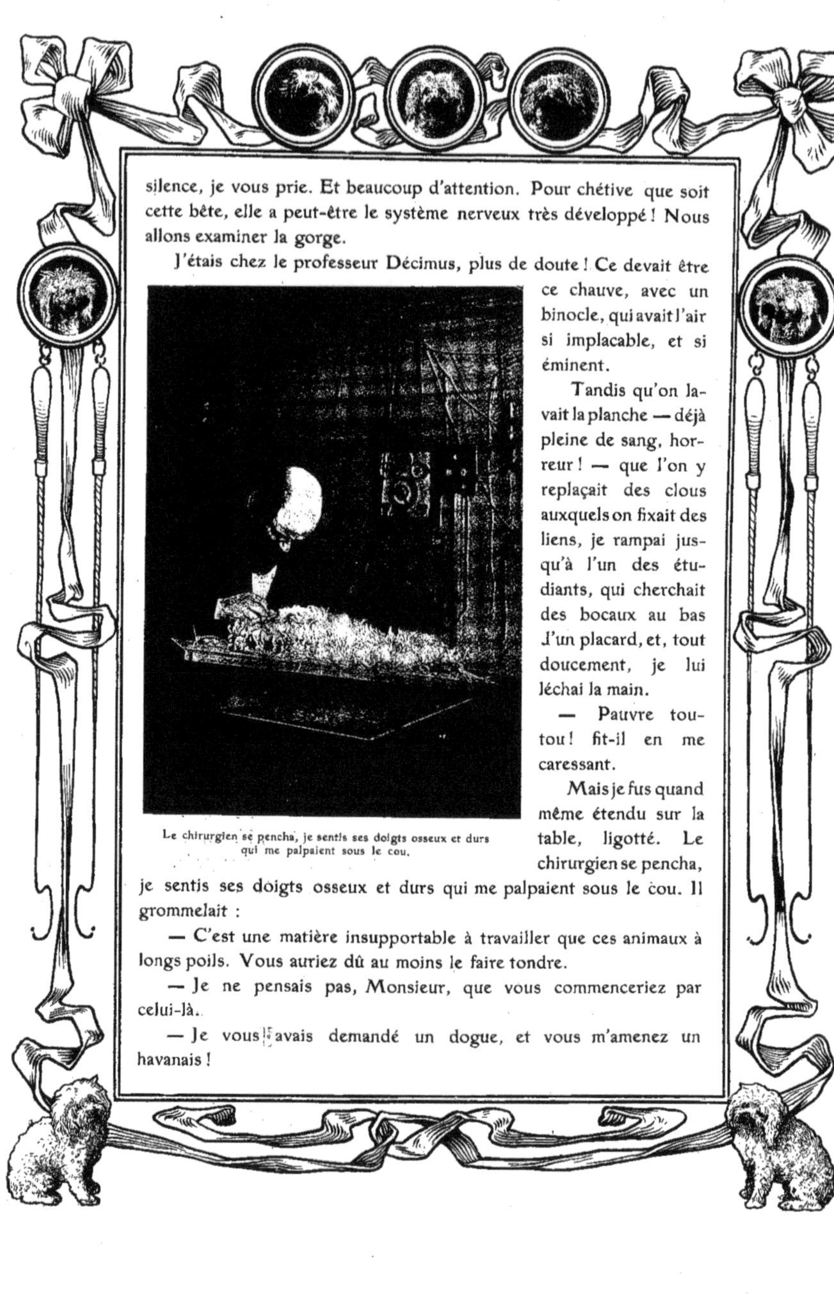

Le chirurgien se pencha, je sentis ses doigts osseux et durs qui me palpaient sous le cou.

je sentis ses doigts osseux et durs qui me palpaient sous le cou. Il grommelait :

— C'est une matière insupportable à travailler que ces animaux à longs poils. Vous auriez dû au moins le faire tondre.

— Je ne pensais pas, Monsieur, que vous commenceriez par celui-là.

— Je vous avais demandé un dogue, et vous m'amenez un havanais !

— Mais le compte y est, Monsieur. Nous en avons deux autres, des gros.

— Hé bien, alors, enlevez cette mauviette ! Ou plutôt, attendez, puisque la bête est en place, je vais pratiquer, tout de même, une incision.

Il avait saisi son bistouri. Une souffrance aiguë me convulsionna. Je m'évanouis. Quand je revins à moi, par l'excès même, de la douleur, une voix juvénile disait :

— Oh ! cher Maître, si ça vous est égal ; ne l'abîmez pas trop et donnez-le-moi !

Le professeur releva ses yeux froids ; une ombre de sourire flottait sur ses lèvres moroses.

— Vous êtes un peu sensible, Monsieur Gérard, cela vous nuira pour la carrière chirurgicale.

— Oh ! Monsieur !

— Allons, prenez votre protégé. Ce n'est pas un cadeau que je vous fais : d'abord parce que ce quadrupède est d'espèce singulièrement vulgaire, ensuite parce qu'il a suffi de peu de chose pour le mettre en bien triste état.

Sans répondre, René Gérard me déliait ; étanchait, avec des tampons de ouate, le sang qui ruisselait sur ma poitrine. Puis il me prit dans ses bras, me fit un pansement. Le professeur l'appela d'un signe, et, à demi-voix :

— Décidément, un bon conseil : faites des vers ou faites des dettes, mais pas de chirurgie !

Les autres étudiants se moquaient aussi de mon sauveur ; mais lui, je crois, se moquait de tout le monde. Je le devinais au cillement de ses yeux, au pli gai de sa bouche, sous la naissante moustache.

Il m'avait mis dans le plastron de sa grande houppelande, je fourrais mon nez brûlant de fièvre contre son cou. Ainsi, nous quittâmes le laboratoire ; ainsi, nous remontâmes le boulevard Saint-Michel.

Il habitait rue Gay-Lussac à l'*Hôtel de la*

C'était un beau jeune homme...

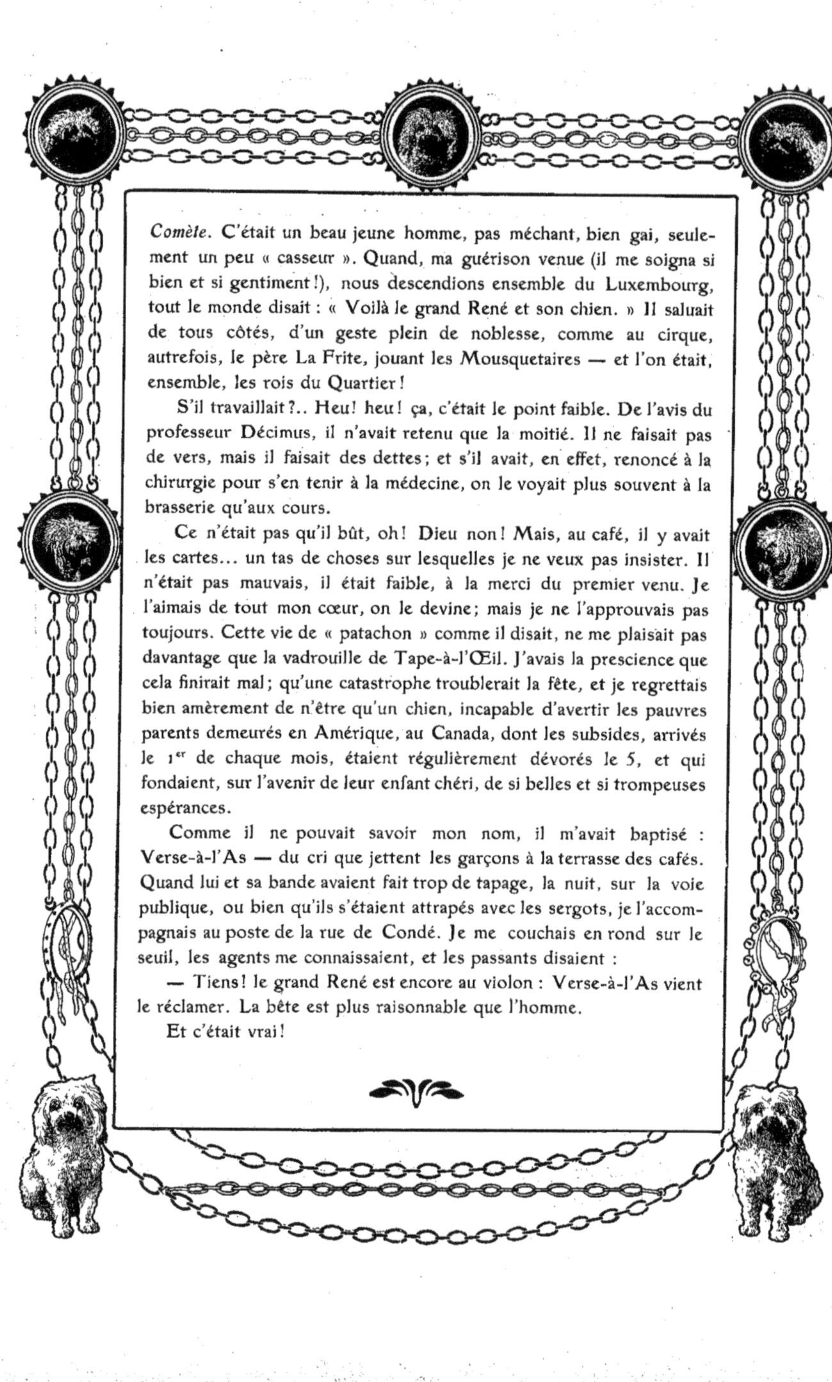

Comète. C'était un beau jeune homme, pas méchant, bien gai, seulement un peu « casseur ». Quand, ma guérison venue (il me soigna si bien et si gentiment !), nous descendions ensemble du Luxembourg, tout le monde disait : « Voilà le grand René et son chien. » Il saluait de tous côtés, d'un geste plein de noblesse, comme au cirque, autrefois, le père La Frite, jouant les Mousquetaires — et l'on était, ensemble, les rois du Quartier !

S'il travaillait ?.. Heu ! heu ! ça, c'était le point faible. De l'avis du professeur Décimus, il n'avait retenu que la moitié. Il ne faisait pas de vers, mais il faisait des dettes ; et s'il avait, en effet, renoncé à la chirurgie pour s'en tenir à la médecine, on le voyait plus souvent à la brasserie qu'aux cours.

Ce n'était pas qu'il bût, oh ! Dieu non ! Mais, au café, il y avait les cartes... un tas de choses sur lesquelles je ne veux pas insister. Il n'était pas mauvais, il était faible, à la merci du premier venu. Je l'aimais de tout mon cœur, on le devine ; mais je ne l'approuvais pas toujours. Cette vie de « patachon » comme il disait, ne me plaisait pas davantage que la vadrouille de Tape-à-l'Œil. J'avais la prescience que cela finirait mal ; qu'une catastrophe troublerait la fête, et je regrettais bien amèrement de n'être qu'un chien, incapable d'avertir les pauvres parents demeurés en Amérique, au Canada, dont les subsides, arrivés le 1ᵉʳ de chaque mois, étaient régulièrement dévorés le 5, et qui fondaient, sur l'avenir de leur enfant chéri, de si belles et si trompeuses espérances.

Comme il ne pouvait savoir mon nom, il m'avait baptisé : Verse-à-l'As — du cri que jettent les garçons à la terrasse des cafés. Quand lui et sa bande avaient fait trop de tapage, la nuit, sur la voie publique, ou bien qu'ils s'étaient attrapés avec les sergots, je l'accompagnais au poste de la rue de Condé. Je me couchais en rond sur le seuil, les agents me connaissaient, et les passants disaient :

— Tiens ! le grand René est encore au violon : Verse-à-l'As vient le réclamer. La bête est plus raisonnable que l'homme.

Et c'était vrai !

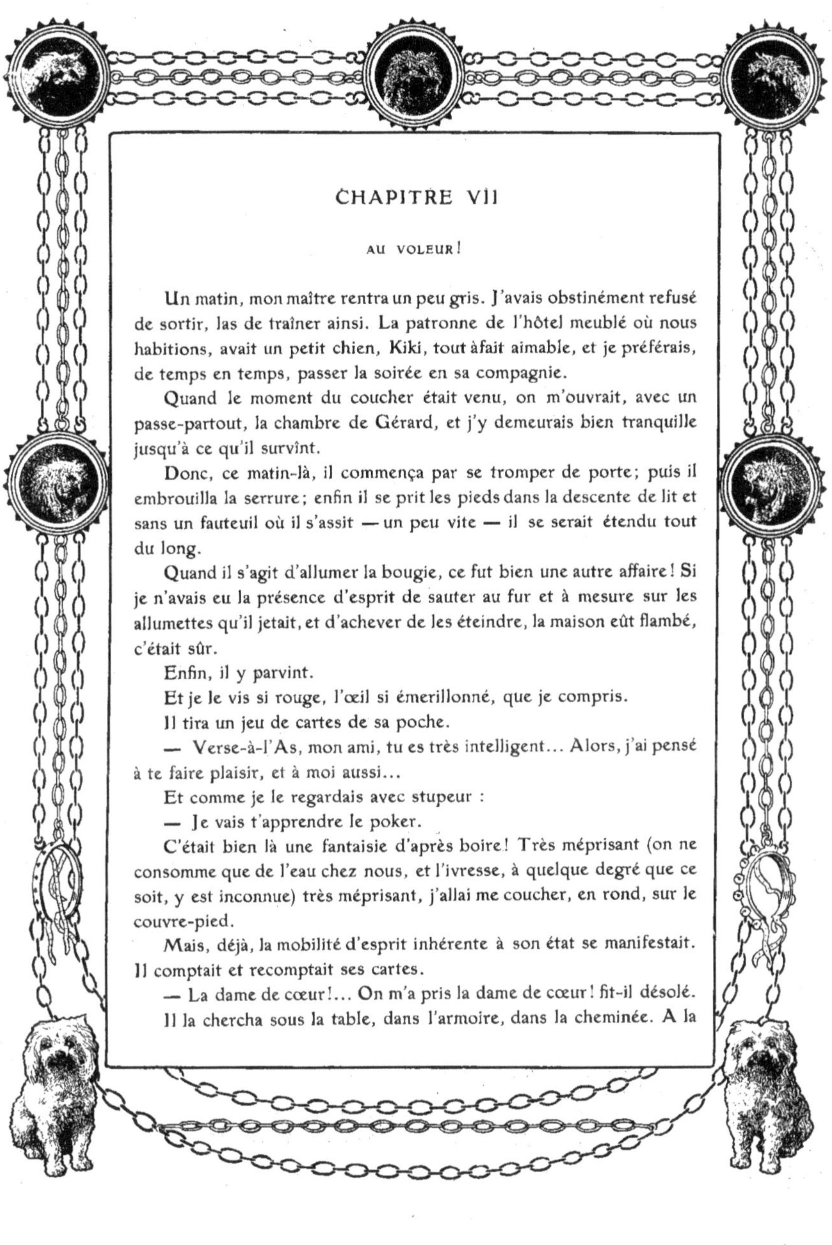

CHAPITRE VII

Un matin, mon maître rentra un peu gris. J'avais obstinément refusé de sortir, las de traîner ainsi. La patronne de l'hôtel meublé où nous habitions, avait un petit chien, Kiki, tout à fait aimable, et je préférais, de temps en temps, passer la soirée en sa compagnie.

Quand le moment du coucher était venu, on m'ouvrait, avec un passe-partout, la chambre de Gérard, et j'y demeurais bien tranquille jusqu'à ce qu'il survînt.

Donc, ce matin-là, il commença par se tromper de porte; puis il embrouilla la serrure; enfin il se prit les pieds dans la descente de lit et sans un fauteuil où il s'assit — un peu vite — il se serait étendu tout du long.

Quand il s'agit d'allumer la bougie, ce fut bien une autre affaire! Si je n'avais eu la présence d'esprit de sauter au fur et à mesure sur les allumettes qu'il jetait, et d'achever de les éteindre, la maison eût flambé, c'était sûr.

Enfin, il y parvint.

Et je le vis si rouge, l'œil si émerillonné, que je compris.

Il tira un jeu de cartes de sa poche.

— Verse-à-l'As, mon ami, tu es très intelligent... Alors, j'ai pensé à te faire plaisir, et à moi aussi...

Et comme je le regardais avec stupeur :

— Je vais t'apprendre le poker.

C'était bien là une fantaisie d'après boire! Très méprisant (on ne consomme que de l'eau chez nous, et l'ivresse, à quelque degré que ce soit, y est inconnue) très méprisant, j'allai me coucher, en rond, sur le couvre-pied.

Mais, déjà, la mobilité d'esprit inhérente à son état se manifestait. Il comptait et recomptait ses cartes.

— La dame de cœur!... On m'a pris la dame de cœur! fit-il désolé.

Il la chercha sous la table, dans l'armoire, dans la cheminée. A la

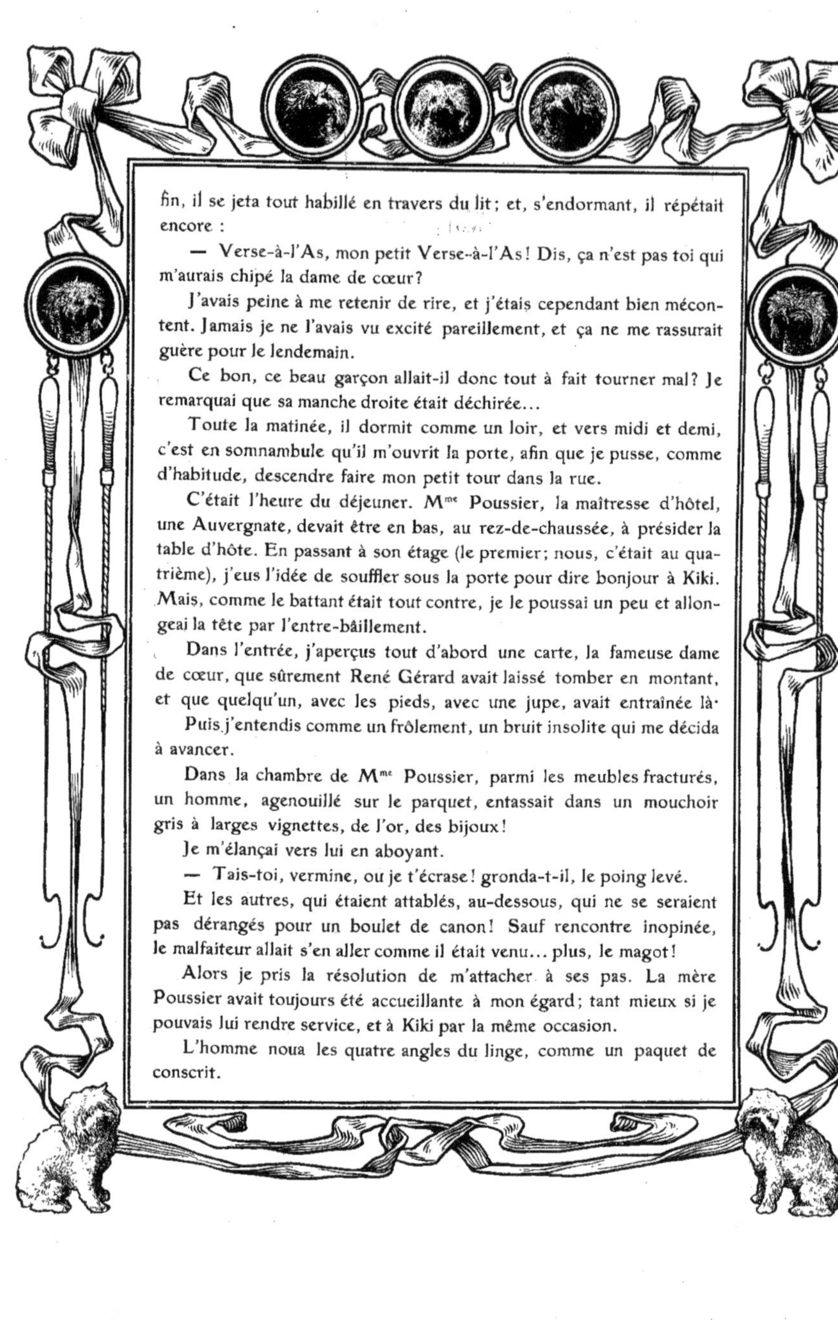

fin, il se jeta tout habillé en travers du lit ; et, s'endormant, il répétait
encore :

— Verse-à-l'As, mon petit Verse-à-l'As ! Dis, ça n'est pas toi qui
m'aurais chipé la dame de cœur ?

J'avais peine à me retenir de rire, et j'étais cependant bien mécon-
tent. Jamais je ne l'avais vu excité pareillement, et ça ne me rassurait
guère pour le lendemain.

Ce bon, ce beau garçon allait-il donc tout à fait tourner mal ? Je
remarquai que sa manche droite était déchirée…

Toute la matinée, il dormit comme un loir, et vers midi et demi,
c'est en somnambule qu'il m'ouvrit la porte, afin que je pusse, comme
d'habitude, descendre faire mon petit tour dans la rue.

C'était l'heure du déjeuner. Mme Poussier, la maîtresse d'hôtel,
une Auvergnate, devait être en bas, au rez-de-chaussée, à présider la
table d'hôte. En passant à son étage (le premier ; nous, c'était au quatrième), j'eus l'idée de souffler sous la porte pour dire bonjour à Kiki.
Mais, comme le battant était tout contre, je le poussai un peu et allongeai la tête par l'entre-bâillement.

Dans l'entrée, j'aperçus tout d'abord une carte, la fameuse dame
de cœur, que sûrement René Gérard avait laissé tomber en montant,
et que quelqu'un, avec les pieds, avec une jupe, avait entraînée là·

Puis j'entendis comme un frôlement, un bruit insolite qui me décida
à avancer.

Dans la chambre de Mme Poussier, parmi les meubles fracturés,
un homme, agenouillé sur le parquet, entassait dans un mouchoir
gris à larges vignettes, de l'or, des bijoux !

Je m'élançai vers lui en aboyant.

— Tais-toi, vermine, ou je t'écrase ! gronda-t-il, le poing levé.

Et les autres, qui étaient attablés, au-dessous, qui ne se seraient
pas dérangés pour un boulet de canon ! Sauf rencontre inopinée,
le malfaiteur allait s'en aller comme il était venu… plus, le magot !

Alors je pris la résolution de m'attacher à ses pas. La mère
Poussier avait toujours été accueillante à mon égard ; tant mieux si je
pouvais lui rendre service, et à Kiki par la même occasion.

L'homme noua les quatre angles du linge, comme un paquet de
conscrit.

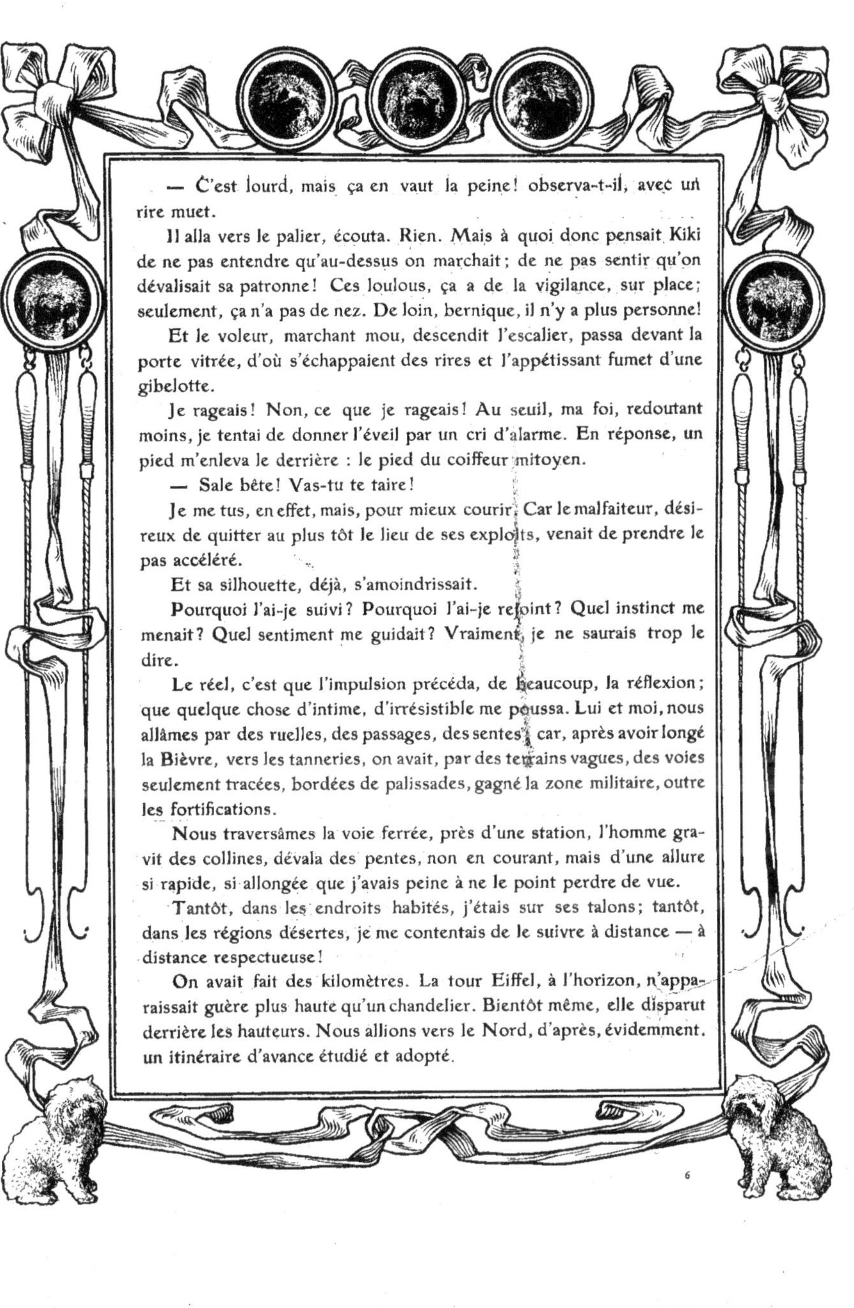

— C'est lourd, mais ça en vaut la peine! observa-t-il, avec un rire muet.

Il alla vers le palier, écouta. Rien. Mais à quoi donc pensait Kiki de ne pas entendre qu'au-dessus on marchait; de ne pas sentir qu'on dévalisait sa patronne! Ces loulous, ça a de la vigilance, sur place; seulement, ça n'a pas de nez. De loin, bernique, il n'y a plus personne!

Et le voleur, marchant mou, descendit l'escalier, passa devant la porte vitrée, d'où s'échappaient des rires et l'appétissant fumet d'une gibelotte.

Je rageais! Non, ce que je rageais! Au seuil, ma foi, redoutant moins, je tentai de donner l'éveil par un cri d'alarme. En réponse, un pied m'enleva le derrière : le pied du coiffeur mitoyen.

— Sale bête! Vas-tu te taire!

Je me tus, en effet, mais, pour mieux courir. Car le malfaiteur, désireux de quitter au plus tôt le lieu de ses exploits, venait de prendre le pas accéléré.

Et sa silhouette, déjà, s'amoindrissait.

Pourquoi l'ai-je suivi? Pourquoi l'ai-je rejoint? Quel instinct me menait? Quel sentiment me guidait? Vraiment, je ne saurais trop le dire.

Le réel, c'est que l'impulsion précéda, de beaucoup, la réflexion; que quelque chose d'intime, d'irrésistible me poussa. Lui et moi, nous allâmes par des ruelles, des passages, des sentes; car, après avoir longé la Bièvre, vers les tanneries, on avait, par des terrains vagues, des voies seulement tracées, bordées de palissades, gagné la zone militaire, outre les fortifications.

Nous traversâmes la voie ferrée, près d'une station, l'homme gravit des collines, dévala des pentes, non en courant, mais d'une allure si rapide, si allongée que j'avais peine à ne le point perdre de vue.

Tantôt, dans les endroits habités, j'étais sur ses talons; tantôt, dans les régions désertes, je me contentais de le suivre à distance — à distance respectueuse!

On avait fait des kilomètres. La tour Eiffel, à l'horizon, n'apparaissait guère plus haute qu'un chandelier. Bientôt même, elle disparut derrière les hauteurs. Nous allions vers le Nord, d'après, évidemment, un itinéraire d'avance étudié et adopté.

Mais ma présence, mon escorte obstinée, semblaient agacer l'homme, je le voyais bien.

Subitement, il fit face, comme prenant un parti, revint sur ses pas, et entra dans une petite gare, près de laquelle nous venions de passer.

Je compris : il allait m'échapper ! Mais dans quelle direction ?

Nous traversâmes la voie ferrée, près d'une station.

Pour quel endroit allait-il prendre son billet ? Comment le savoir ?

Je ne pouvais l'aller écouter de trop près. Je me rappelais ses menaces ; et sa colère, bien certainement, n'avait pu que s'exaspérer.

Par chance, un voyageur était avant lui au guichet, cela me donnait du temps. J'aperçus que la porte de communication entre la salle publique et le bureau des employés était entr'ouverte. Je me faufilai dans celui-ci, et jusque sous la chaise du distributeur.

— Une troisième pour Saint-Justin-les-Piquets. Combien ?

— Six francs.

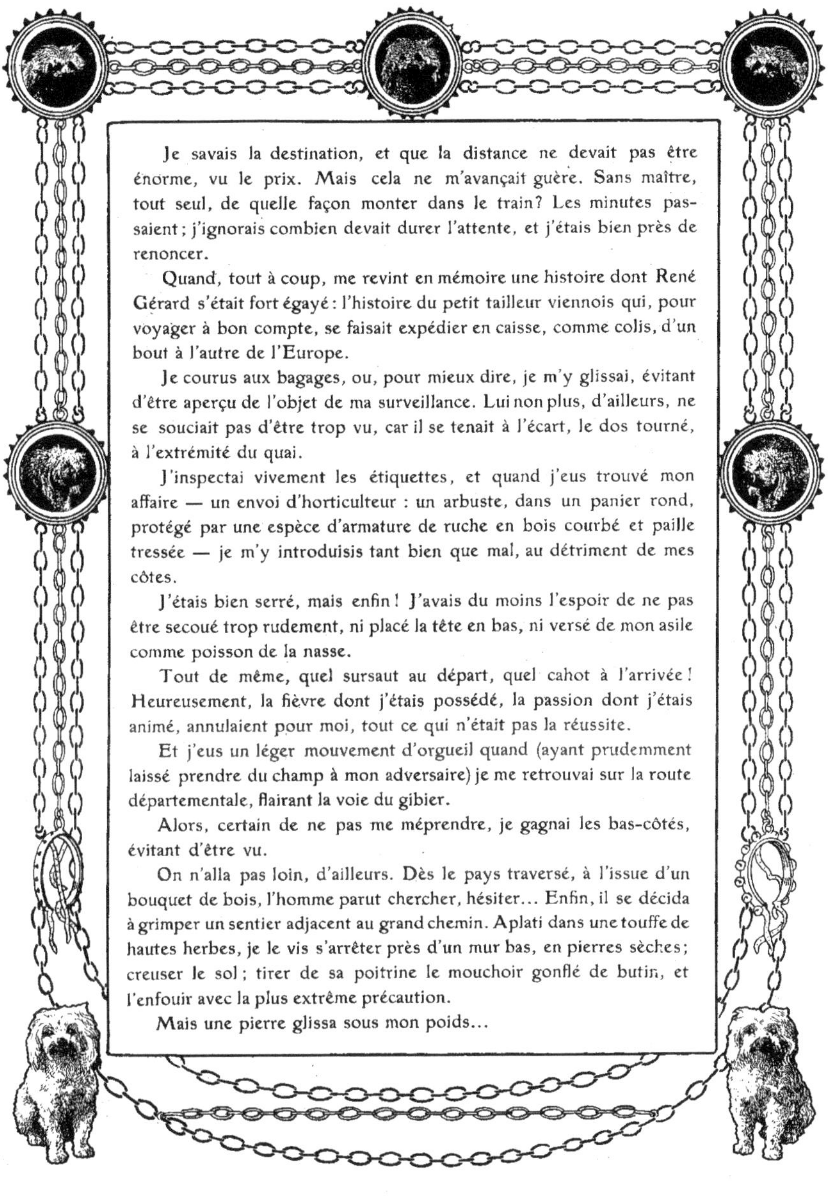

Je savais la destination, et que la distance ne devait pas être énorme, vu le prix. Mais cela ne m'avançait guère. Sans maître, tout seul, de quelle façon monter dans le train? Les minutes passaient; j'ignorais combien devait durer l'attente, et j'étais bien près de renoncer.

Quand, tout à coup, me revint en mémoire une histoire dont René Gérard s'était fort égayé: l'histoire du petit tailleur viennois qui, pour voyager à bon compte, se faisait expédier en caisse, comme colis, d'un bout à l'autre de l'Europe.

Je courus aux bagages, ou, pour mieux dire, je m'y glissai, évitant d'être aperçu de l'objet de ma surveillance. Lui non plus, d'ailleurs, ne se souciait pas d'être trop vu, car il se tenait à l'écart, le dos tourné, à l'extrémité du quai.

J'inspectai vivement les étiquettes, et quand j'eus trouvé mon affaire — un envoi d'horticulteur : un arbuste, dans un panier rond, protégé par une espèce d'armature de ruche en bois courbé et paille tressée — je m'y introduisis tant bien que mal, au détriment de mes côtes.

J'étais bien serré, mais enfin! J'avais du moins l'espoir de ne pas être secoué trop rudement, ni placé la tête en bas, ni versé de mon asile comme poisson de la nasse.

Tout de même, quel sursaut au départ, quel cahot à l'arrivée! Heureusement, la fièvre dont j'étais possédé, la passion dont j'étais animé, annulaient pour moi, tout ce qui n'était pas la réussite.

Et j'eus un léger mouvement d'orgueil quand (ayant prudemment laissé prendre du champ à mon adversaire) je me retrouvai sur la route départementale, flairant la voie du gibier.

Alors, certain de ne pas me méprendre, je gagnai les bas-côtés, évitant d'être vu.

On n'alla pas loin, d'ailleurs. Dès le pays traversé, à l'issue d'un bouquet de bois, l'homme parut chercher, hésiter… Enfin, il se décida à grimper un sentier adjacent au grand chemin. Aplati dans une touffe de hautes herbes, je le vis s'arrêter près d'un mur bas, en pierres sèches; creuser le sol; tirer de sa poitrine le mouchoir gonflé de butin, et l'enfouir avec la plus extrême précaution.

Mais une pierre glissa sous mon poids…

Le malfaiteur bondit vers ma retraite. Et sa stupéfaction dépassa peut-être sa fureur.

Je l'entendis se répéter...

— C'est le diable, ce chien-là ! C'est le diable !

Puis, en une seconde, il se ressaisit. Sa main gauche s'abattit sur moi ; sa main droite plongea dans sa poche, remonta armée. Le couteau brilla ; il me parut que j'étais cloué sur le sol — et je sentis la vie s'échapper de ma poitrine...

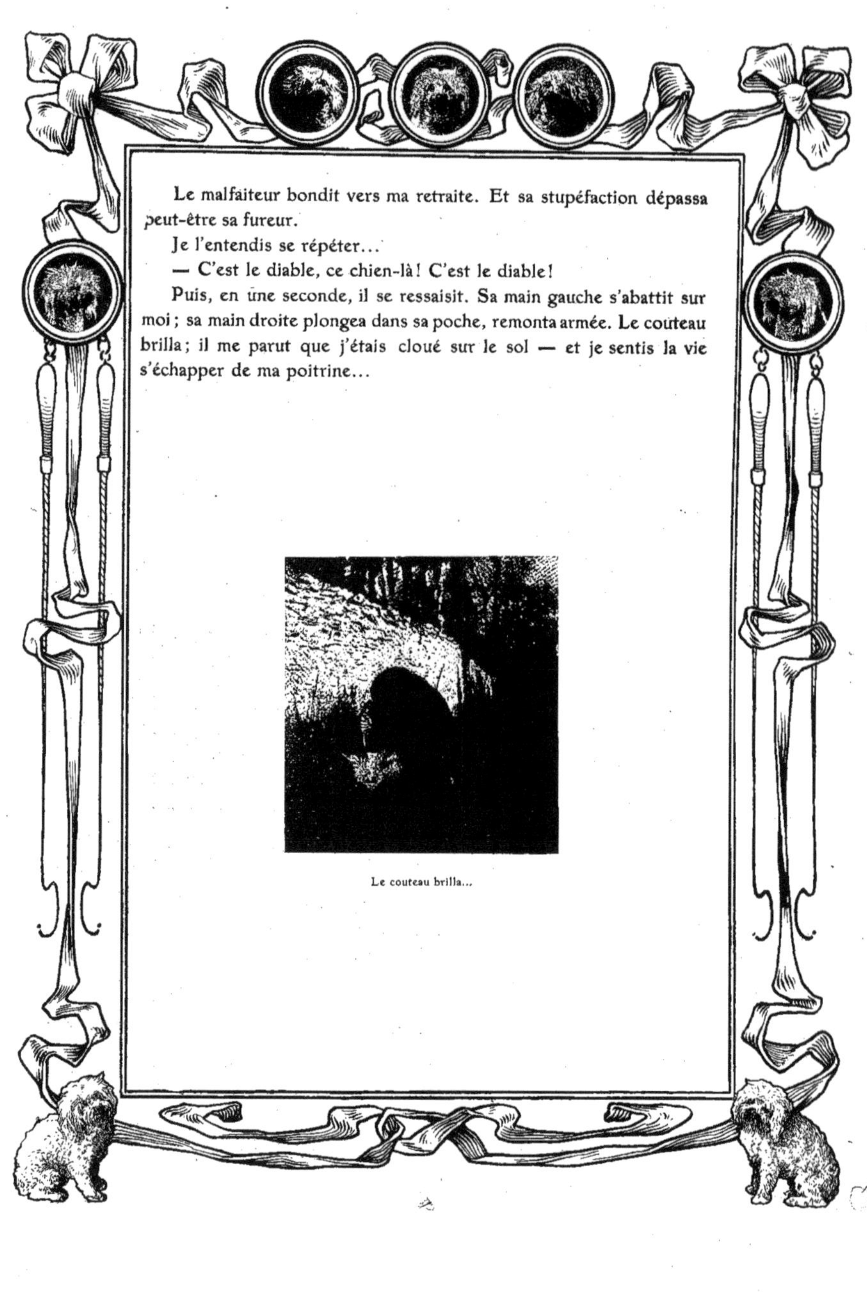

Le couteau brilla...

CHAPITRE VIII

Comment ai-je été recueilli par les excellentes gens chez qui je me réveillai, un matin, ayant repris conscience de moi-même, en voie de guérison, ceci me restera toujours étranger. Tel que d'un rêve le souvenir brumeux, j'ai mémoire, confusément, de m'être traîné un bout de chemin ; d'avoir entrevu, épluchant des betteraves au seuil de leur maison, une bonne grand'mère et sa belle petite-fille ; d'avoir entendu leurs exclamations d'effroi et de pitié.

Puis, plus rien... un grand trou où sombrent mes esprits.

Ah ! la maman Didier, quelle chère femme ! Et courageuse, avec ses soixante-dix ans, beso-

Une bonne grand'maman et sa belle petite-fille.

gnant plus qu'une jeune! Et gaie! Et alerte! Et méritante! Ses enfants, les enfants de ses enfants, Marie-Louise issue d'eux, étaient aussi du bien bon monde.

J'aurais passé là de très heureux jours, si l'idée de mon maître ne m'avait hanté. A quoi pouvait-il attribuer ma disparition — une disparition qui durait des mois? Ce qu'on devait gloser sur mon compte, à l'*Hôtel de la Comète*.

Cela, je m'en moquais, mais pas du chagrin de René Gérard...

Trois pauvres petits ramonas, des Savoyards, s'en allant de hameau en hameau pour faire leur saison et gagner quelques sous.

Il devait me supposer ingrat, infidèle, m'effacer peu à peu de son affection.

Aussi, dès que je me sentis relativement solide, je résolus d'aller le retrouver. J'eus de la peine à quitter les Didier; sans vanité, je peux supposer qu'eux aussi en éprouvèrent — de part et d'autre, on se plaisait bien.

Mais, cette fois, éclairé par l'expérience, je résolus de ne circuler que sous l'égide patronale. Et j'adoptai, plutôt qu'ils ne m'adoptèrent, trois pauvres petits ramonas, des Savoyards, s'en allant de hameau en hameau faire leur saison et gagner quelques sous.

Par exemple, en rentrant dans Paris, je n'étais pas blanc! Et lorsque la mère Poussier m'aperçut, dans son bureau, plutôt qu'un cri de joie, elle poussa un cri d'horreur.

— D'où sors-tu, gredin? D'où viens-tu, sacripant? Et comme te voilà fait! Manette, Joseph, venez donc voir un revenant!

Kiki, lui, se contenta de m'embrasser. Mais ce qu'il m'apprit faillit me rendre fou : René Gérard accusé du vol; sa culpabilité établie par la dame de cœur manquant à son jeu et retrouvée à terre, sous un meuble, dans le logis cambriolé, par des effilochures de laine recueillies après la serrure forcée de l'armoire, et semblables à l'accroc de sa manche! René Gérard, accusé d'avoir fait le coup, puisque seul dans l'immeuble, aux étages supérieurs, tandis que ses camarades déjeunaient! L'infortuné garçon atteint d'une fièvre cérébrale, en danger durant des semaines et des semaines, devant seulement à sa souffrance de n'avoir pas été jugé, soit condamné, vu les apparences et l'état des faits!

— Mon pauvre jeune maître est là! me répétais-je avec désolation.

— Où est-il?

— J'ai entendu dire que, de l'infirmerie de la Santé, on l'a ramené à la Conciergerie.

Sans plus écouter, je me précipitai dehors, galopai jusqu'aux quais. Je savais bien que je ne parviendrais pas à lui; mais de voir les murs derrière lesquels pleurait cet innocent, il me semblait qu'une idée me viendrait plus vite pour faire connaître la vérité.

Car nul ne la savait que moi, animal privé de la faculté de me faire entendre, devant suppléer à la parole par une superlative ingéniosité.

Il faut que je trouve un agent.

Hélas! ce n'était qu'un artiste!

Ah! quel chagrin m'étreignit devant cette grille de geôle, ces soupiraux, ces trous sombres!

— Mon pauvre jeune maître est là! me répétais-je avec désolation.

Mais comme je suis plutôt un petit chien énergique, déniaisé par l'expérience; comme aussi, entre les représentations, j'avais entendu la jolie clownesse lire tout haut, à la mère La Crêpe, les romans de Gaboriau, l'inspiration ne tarda pas.

— Je vais faire le tour, aller quai des Orfèvres, à l'entrée des inspecteurs de la sûreté. Il faut que je trouve un agent.

Sitôt dit, sitôt fait. Justement, un jeune homme survint, qui me regarda au passage avec bienveillance, entra, ressortit. Je lui emboîtai le pas, sautai sur une chaise à côté de lui, lorsqu'il s'assit devant le célèbre café des Lauriers roses.

Hélas! jugez de ma déception : ce n'était qu'un artiste, un romancier en quête d'informations!

Mais il fut d'abord si affable, que, le rencontrant le lendemain,

alors que je descendais le boulevard Saint-Michel pour revenir me
mettre en observation, j'acceptai de remonter avec lui jusqu'au jardin
du Luxembourg, avec arrêt à la buvette.

Je n'étais cependant pas de bonne humeur : la mère Poussier —
brave femme, après tout, puisque, ne m'englobant pas dans sa rancune, elle ne me laissait pas à la rue — ayant imaginé, pour m'approprier, de me faire ébarber le poil !

Ça me vexait, mais ça ne m'empêchait pas, comme d'habitude, d'avoir l'ouïe tendue, et l'œil au guet.

Aussi, que l'on juge de mon émoi lorsque le garçon, se penchant à l'oreille de l'écrivain, lui murmura :

— Tenez, monsieur, en fait de types, voyez-vous ce petit père-là,

Ce petit père-là, assis devant le palmier,
c'est Jaume, le Roi des malins.

assis devant le palmier? C'est Jaume, le Roi des malins !

Jaume ! Je sautai en bas, me rapprochai. Il brandissait le *Matin*,
et discutait avec animation.

— Hé ! bien, moi, je vous dis que non ! Ils ont eu raison d'ordonner un supplément d'enquête. Cette affaire-là n'a jamais tenu debout.
Et je suis enchanté d'être désigné pour m'en occuper.

Parlait-il donc du cas de René Gérard ?... Hélas non ! Mais,

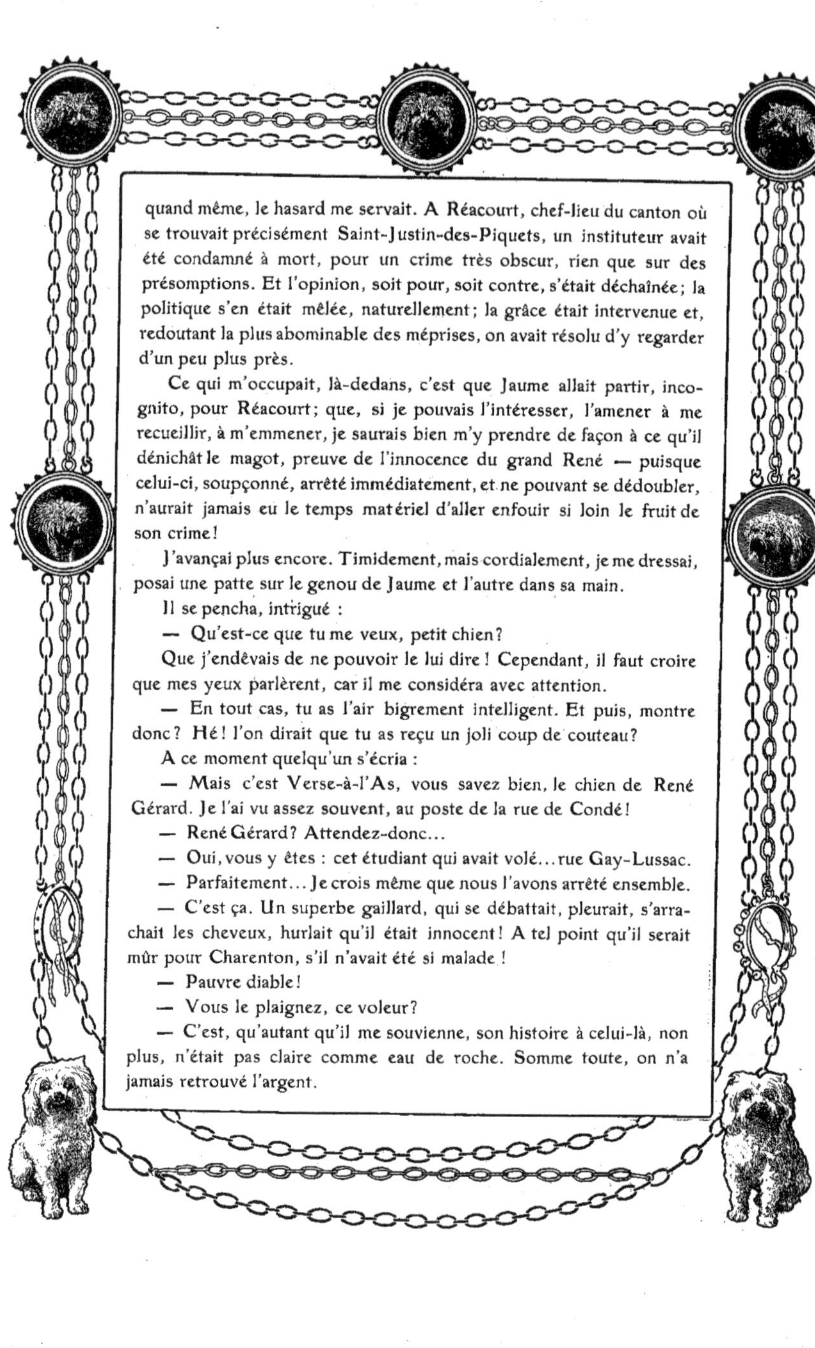

quand même, le hasard me servait. A Réacourt, chef-lieu du canton où se trouvait précisément Saint-Justin-des-Piquets, un instituteur avait été condamné à mort, pour un crime très obscur, rien que sur des présomptions. Et l'opinion, soit pour, soit contre, s'était déchaînée; la politique s'en était mêlée, naturellement; la grâce était intervenue et, redoutant la plus abominable des méprises, on avait résolu d'y regarder d'un peu plus près.

Ce qui m'occupait, là-dedans, c'est que Jaume allait partir, incognito, pour Réacourt; que, si je pouvais l'intéresser, l'amener à me recueillir, à m'emmener, je saurais bien m'y prendre de façon à ce qu'il dénichât le magot, preuve de l'innocence du grand René — puisque celui-ci, soupçonné, arrêté immédiatement, et ne pouvant se dédoubler, n'aurait jamais eu le temps matériel d'aller enfouir si loin le fruit de son crime !

J'avançai plus encore. Timidement, mais cordialement, je me dressai, posai une patte sur le genou de Jaume et l'autre dans sa main.

Il se pencha, intrigué :

— Qu'est-ce que tu me veux, petit chien?

Que j'endêvais de ne pouvoir le lui dire ! Cependant, il faut croire que mes yeux parlèrent, car il me considéra avec attention.

— En tout cas, tu as l'air bigrement intelligent. Et puis, montre donc? Hé ! l'on dirait que tu as reçu un joli coup de couteau?

A ce moment quelqu'un s'écria :

— Mais c'est Verse-à-l'As, vous savez bien, le chien de René Gérard. Je l'ai vu assez souvent, au poste de la rue de Condé !

— René Gérard? Attendez-donc...

— Oui, vous y êtes : cet étudiant qui avait volé... rue Gay-Lussac.

— Parfaitement... Je crois même que nous l'avons arrêté ensemble.

— C'est ça. Un superbe gaillard, qui se débattait, pleurait, s'arrachait les cheveux, hurlait qu'il était innocent ! A tel point qu'il serait mûr pour Charenton, s'il n'avait été si malade !

— Pauvre diable !

— Vous le plaignez, ce voleur?

— C'est, qu'autant qu'il me souvienne, son histoire à celui-là, non plus, n'était pas claire comme eau de roche. Somme toute, on n'a jamais retrouvé l'argent.

Ce bon Jaume : je l'aurais embrassé! Je me contentai de le suivre, lorsqu'il remonta vers son domicile. Il me guignait, de coin, ni fâché, ni content, plutôt curieux. Seulement, devant sa porte, il me congédia d'un bonsoir significatif.

Je retournai rue Gay-Lussac. Mais le lendemain, dès la première heure, j'étais de faction au seuil de Jaume. Il sembla surpris, voire flatté.

— C'est toi, encore? Décidément, il paraît qu'on plaît à Monsieur. Allons, tant mieux! Mais je file…

Impassible met, comme s'il m'y avait invité, je filai derrière lui.

Si bien que, le

— Qu'est-ce que tu me veux, petit chien?

troisième jour, je fus admis à pénétrer dans sa cuisine. Le cinquième, je n'en délogeai plus. Et le huitième, comme le « patron » faisait ses préparatifs de départ pour Réacourt, comme quatre ou cinq fois j'étais allé me coucher dans son sac de voyage, sur sa couverture, sur sa serviette de cuir, la « bourgeoise » finit par dire à son mari :

— Ecoute, ce n'est pas naturel. Le chien ne veut pas te quitter : emmène-le!

CHAPITRE IX

EN CAMPAGNE

On ne fut pas directement à Réacourt, mais tout proche ; car Jaume, caché sous un nom d'emprunt, méconnaissable, tenait à garder ses coudées franches.

Ce fut une vraie campagne. Tantôt, Jaume vêtu comme le dernier des voyous, on s'en allait ensemble, traîner à la ville, sur le port, dans des endroits sinistres...

Tantôt, Jaume vêtu comme le dernier des voyous, on s'en allait ensemble dans des endroits sinistres...

Le soir tombait, on s'arrêtait dans des bouges puant l'alcool et la crasse. Après boire, les gens se battaient. Une fois, Jaume fut arrêté par mégarde, dans le tas.

Tantôt, on s'en allait à travers la campagne, sous mine de vendre des chansons, recueillir les commérages de lavoir, de foire, prêter l'oreille aux propos des chemineaux, réfugiés, pour dormir à sec, dans les casemates de cantonniers.

Lui, cherchait le mot de l'énigme proposée à sa clairvoyance ; moi, j'espérais anxieusement l'occasion de l'attirer vers le but de tous mes efforts. Enfin, un dimanche, j'y parvins.

Quel souvenir m'a laissé cette journée !

... Depuis une heure, je trotte en avant, tournant la tête pour m'assurer que Jaume est là, qu'il me suit — pour bien indiquer ma volonté d'aller par là, et que je ne vague pas au hasard. Quand il fait mine de s'arrêter, en manière d'épreuve, je vais à lui, je tire le bas de son pantalon. Il a l'air aujourd'hui d'un ouvrier plombier, avec sa casquette, son gilet de serge, sa cotte de velours.

Et voilà le sentier qui monte le terrain inculte ; le mur bas ! La place

Jaume et Sac-à-Tout aux écoutes.

qui fut teinte de mon sang est encore foulée. Et cette vue exaspère mon désir de justice, exalte mon activité !

Je me précipite. Pourvu que l'homme ne soit pas revenu chercher son trésor !.. Mais non ! Le sol est solide sous mes pattes, qui grattent, qui grattent tant que j'ai de force.

— Attends, petit, on va t'aider.

Jaume s'agenouille. Patiemment, son couteau à large lame évide le sol. Tout vibrant d'émotion, frémissant d'impatience, je suis si près qu'il m'écarte, crainte de me blesser.

Un coin de linge, le mouchoir où tintent des monnaies — le mouchoir marqué d'un **P**, et dépareillant la douzaine soigneusement empilée dans l'armoire de la mère Poussier !

— Voilà le magot ! crie Jaume.

Et moi, tant pis, je lui saute au cou !

— A bas ! A bas ! Laisse-moi finir...

Finir quoi, puisqu'on a trouvé ?

Mais il continue de fouiller ; s'acharne ; ramène au jour encore une cassette de fer.

— L'endroit est bon ; on y reviendra, ronronne-t-il, comme un gros chat content.

Et nous allons descendre ; quand, à l'improviste, une bouffée de

Voilà le magot !

vent m'apporte une odeur que je discernerais entre mille. Je l'ai trop reniflée, sur la route, pour ne la point reconnaître. Je l'ai, c'est le cas de le dire, dans le nez ! Mon poil se hérisse ; mes yeux doivent flamber comme des braises !

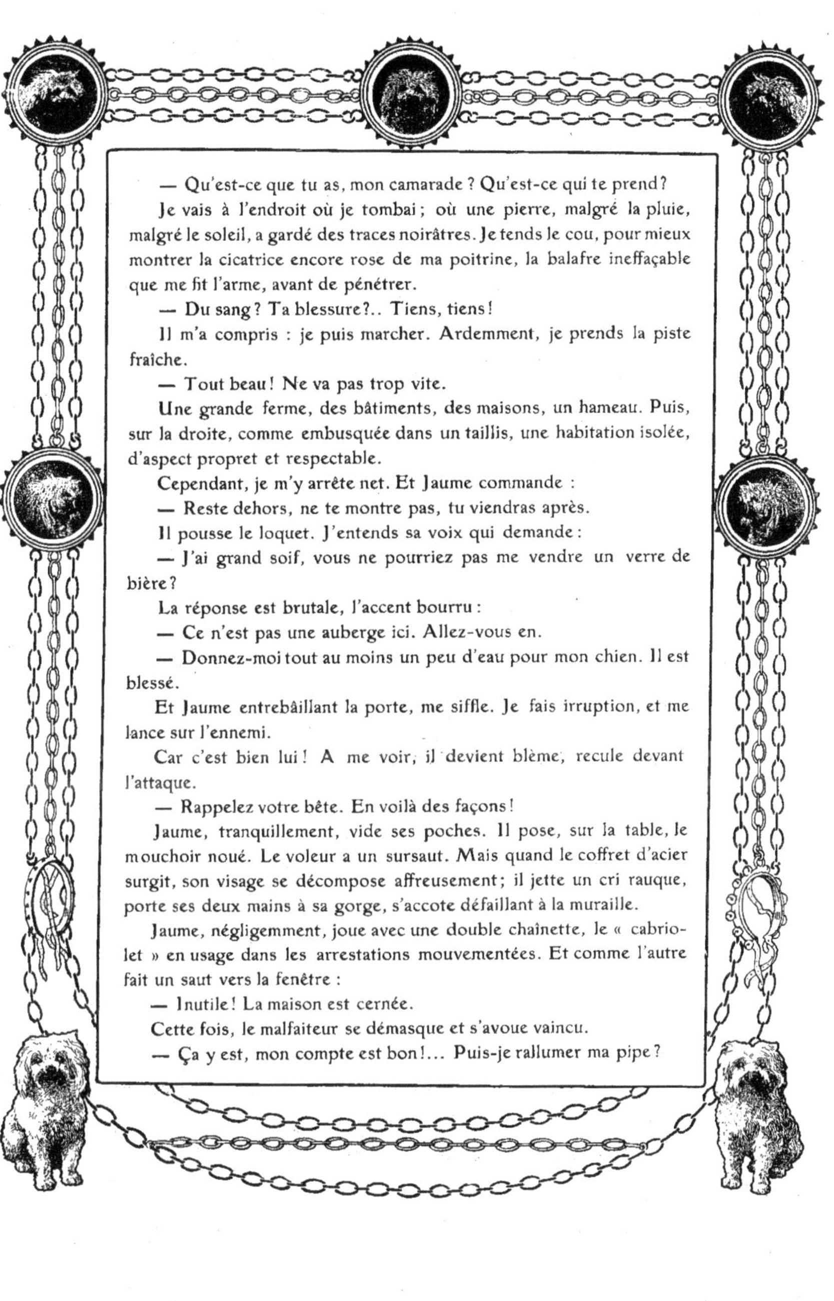

— Qu'est-ce que tu as, mon camarade ? Qu'est-ce qui te prend ?

Je vais à l'endroit où je tombai ; où une pierre, malgré la pluie, malgré le soleil, a gardé des traces noirâtres. Je tends le cou, pour mieux montrer la cicatrice encore rose de ma poitrine, la balafre ineffaçable que me fit l'arme, avant de pénétrer.

— Du sang ? Ta blessure ?.. Tiens, tiens !

Il m'a compris : je puis marcher. Ardemment, je prends la piste fraîche.

— Tout beau ! Ne va pas trop vite.

Une grande ferme, des bâtiments, des maisons, un hameau. Puis, sur la droite, comme embusquée dans un taillis, une habitation isolée, d'aspect propret et respectable.

Cependant, je m'y arrête net. Et Jaume commande :

— Reste dehors, ne te montre pas, tu viendras après.

Il pousse le loquet. J'entends sa voix qui demande :

— J'ai grand soif, vous ne pourriez pas me vendre un verre de bière ?

La réponse est brutale, l'accent bourru :

— Ce n'est pas une auberge ici. Allez-vous en.

— Donnez-moi tout au moins un peu d'eau pour mon chien. Il est blessé.

Et Jaume entrebâillant la porte, me siffle. Je fais irruption, et me lance sur l'ennemi.

Car c'est bien lui ! A me voir, il devient blème, recule devant l'attaque.

— Rappelez votre bête. En voilà des façons !

Jaume, tranquillement, vide ses poches. Il pose, sur la table, le mouchoir noué. Le voleur a un sursaut. Mais quand le coffret d'acier surgit, son visage se décompose affreusement ; il jette un cri rauque, porte ses deux mains à sa gorge, s'accote défaillant à la muraille.

Jaume, négligemment, joue avec une double chaînette, le « cabriolet » en usage dans les arrestations mouvementées. Et comme l'autre fait un saut vers la fenêtre :

— Inutile ! La maison est cernée.

Cette fois, le malfaiteur se démasque et s'avoue vaincu.

— Ça y est, mon compte est bon !... Puis-je rallumer ma pipe ?

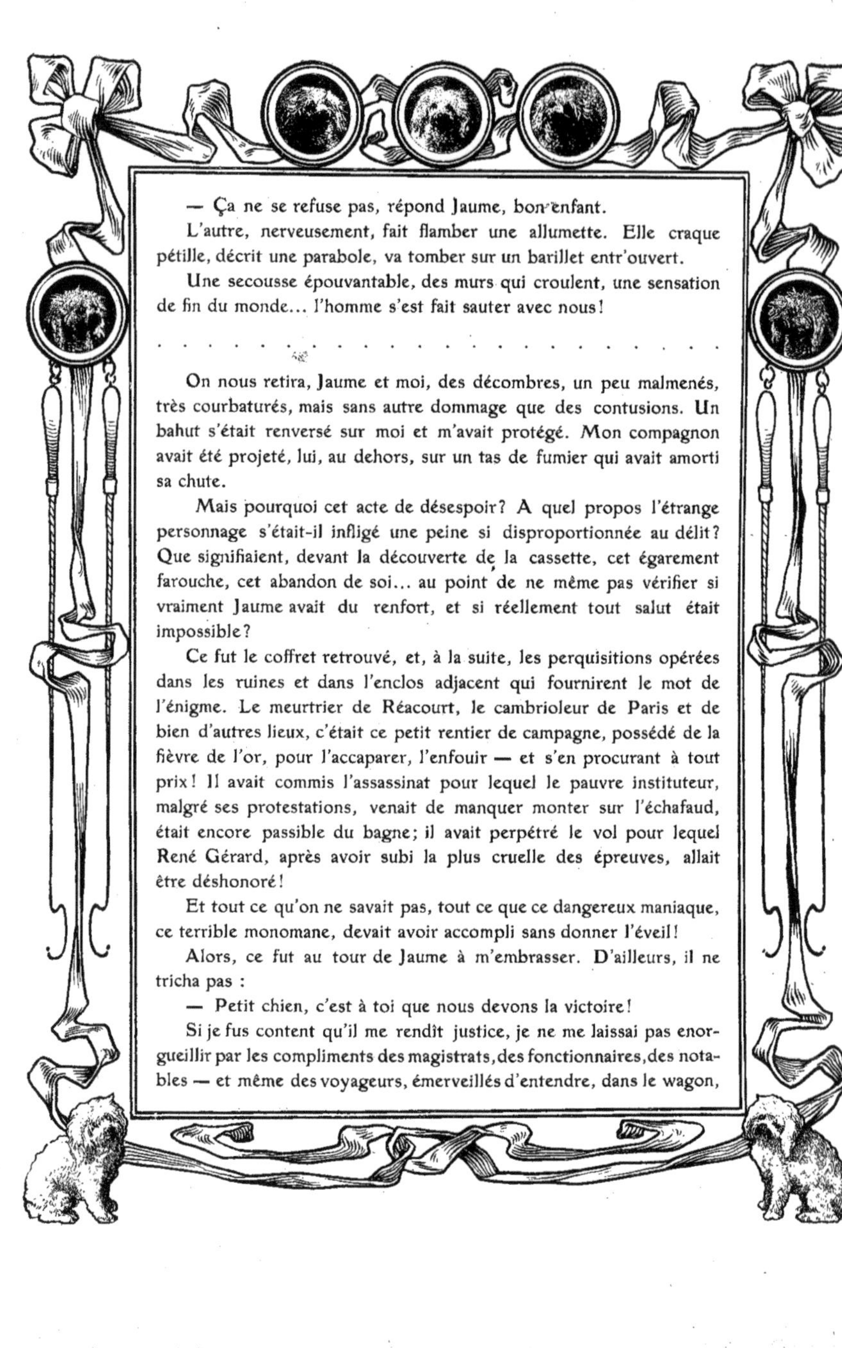

— Ça ne se refuse pas, répond Jaume, bon enfant.

L'autre, nerveusement, fait flamber une allumette. Elle craque, pétille, décrit une parabole, va tomber sur un barillet entr'ouvert.

Une secousse épouvantable, des murs qui croulent, une sensation de fin du monde… l'homme s'est fait sauter avec nous !

.   .   .   .

On nous retira, Jaume et moi, des décombres, un peu malmenés, très courbaturés, mais sans autre dommage que des contusions. Un bahut s'était renversé sur moi et m'avait protégé. Mon compagnon avait été projeté, lui, au dehors, sur un tas de fumier qui avait amorti sa chute.

Mais pourquoi cet acte de désespoir ? A quel propos l'étrange personnage s'était-il infligé une peine si disproportionnée au délit ? Que signifiaient, devant la découverte de la cassette, cet égarement farouche, cet abandon de soi… au point de ne même pas vérifier si vraiment Jaume avait du renfort, et si réellement tout salut était impossible ?

Ce fut le coffret retrouvé, et, à la suite, les perquisitions opérées dans les ruines et dans l'enclos adjacent qui fournirent le mot de l'énigme. Le meurtrier de Réacourt, le cambrioleur de Paris et de bien d'autres lieux, c'était ce petit rentier de campagne, possédé de la fièvre de l'or, pour l'accaparer, l'enfouir — et s'en procurant à tout prix ! Il avait commis l'assassinat pour lequel le pauvre instituteur, malgré ses protestations, venait de manquer monter sur l'échafaud, était encore passible du bagne ; il avait perpétré le vol pour lequel René Gérard, après avoir subi la plus cruelle des épreuves, allait être déshonoré !

Et tout ce qu'on ne savait pas, tout ce que ce dangereux maniaque, ce terrible monomane, devait avoir accompli sans donner l'éveil !

Alors, ce fut au tour de Jaume à m'embrasser. D'ailleurs, il ne tricha pas :

— Petit chien, c'est à toi que nous devons la victoire !

Si je fus content qu'il me rendît justice, je ne me laissai pas enorgueillir par les compliments des magistrats, des fonctionnaires, des notables — et même des voyageurs, émerveillés d'entendre, dans le wagon, pendant le trajet du retour, le célèbre détective narrer mes exploits.

Évidemment, si je l'avais voulu, j'eusse été présenté au Préfet, peut-être bien au Ministre ; la *Société protectrice des Animaux* m'aurait décerné un beau collier d'honneur, que je fusse allé recevoir au Cirque d'Hiver, chez Franconi — ma mère, une saison y avait dansé — aux applaudissements d'un public idolâtre ; mon portrait aurait paru dans les journaux, entre celui d'un académicien et celui d'un criminel ; j'eusse été interviewé par les reporters, unanimes à vanter ma bonne grâce et mon génie.

Oui... mais ça ne me tentait pas. Les dernières paroles de ma pauvre maman étaient restées gravées dans mon souvenir : « Le mensonge de la gloire. »

Petit chien, c'est à toi que nous devons la victoire !

Ma récompense, j'en avais reçu la moitié, là-bas, à Réacourt, lorsque la femme et les enfants du condamné, accourus aux nouvelles, m'avaient pris dans leurs bras et remercié comme une personne, comme un sauveur ! Leurs larmes de bonheur, douces et chaudes, je les avais bues sur leurs joues, tendrement ; et, j'avais été là, quelques minutes, un petit chien bien, bien heureux.

Et, à Paris, ça se complétait. Exceptionnellement autorisé, en raison de mon rôle et des circonstances, à entrer au parloir de la Conciergerie, j'y voyais accourir mon jeune maître, libre, que son père, arrivé d'Amérique, attendait et réclamait.

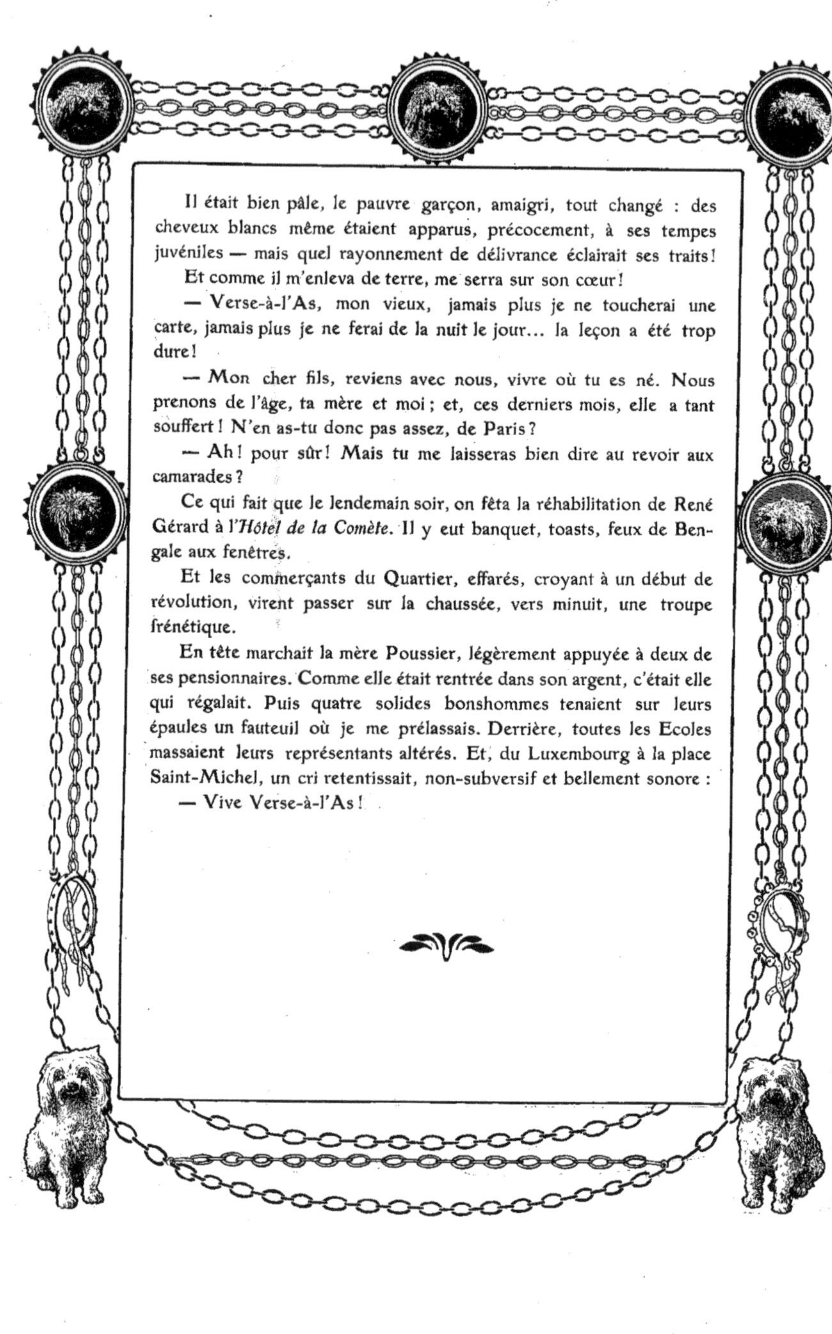

Il était bien pâle, le pauvre garçon, amaigri, tout changé : des cheveux blancs même étaient apparus, précocement, à ses tempes juvéniles — mais quel rayonnement de délivrance éclairait ses traits !

Et comme il m'enleva de terre, me serra sur son cœur !

— Verse-à-l'As, mon vieux, jamais plus je ne toucherai une carte, jamais plus je ne ferai de la nuit le jour… la leçon a été trop dure !

— Mon cher fils, reviens avec nous, vivre où tu es né. Nous prenons de l'âge, ta mère et moi ; et, ces derniers mois, elle a tant souffert ! N'en as-tu donc pas assez, de Paris ?

— Ah ! pour sûr ! Mais tu me laisseras bien dire au revoir aux camarades ?

Ce qui fait que le lendemain soir, on fêta la réhabilitation de René Gérard à l'*Hôtel de la Comète*. Il y eut banquet, toasts, feux de Bengale aux fenêtres.

Et les commerçants du Quartier, effarés, croyant à un début de révolution, virent passer sur la chaussée, vers minuit, une troupe frénétique.

En tête marchait la mère Poussier, légèrement appuyée à deux de ses pensionnaires. Comme elle était rentrée dans son argent, c'était elle qui régalait. Puis quatre solides bonshommes tenaient sur leurs épaules un fauteuil où je me prélassais. Derrière, toutes les Ecoles massaient leurs représentants altérés. Et, du Luxembourg à la place Saint-Michel, un cri retentissait, non-subversif et bellement sonore :

— Vive Verse-à-l'As !

CHAPITRE X

Il fallut me sauver chez Jaume, y demeurer trois jours durant, pour que René Gérard, désolé, comprit ma volonté de ne pas le suivre au Canada.

Moi aussi, certes, j'étais navré de la séparation. Je l'aimais profondément, je le lui avais prouvé de mon mieux, comme peu d'humains, c'est probable, l'eussent fait. Et, en plus de la tentation de rester ensemble, il m'avait fallu vaincre le goût de l'équipée, le désir du voyage, l'attrait qu'exerce la puissante Amérique sur les esprits aventureux.

Mais je n'avais qu'à fermer les paupières pour revoir le paysage désolé, le talus plein de détritus où, sur le flanc, la langue pendante, une pauvre petite chienne agonisait...

Quoi qu'il dût m'en coûter, je tiendrais mon serment !

Et, ce matin que Jaume et moi nous fûmes accompagner les Gérard à la gare de l'Ouest ; que, les yeux pleins de larmes, je vis démarrer le train emportant vers des destins moins tourmentés le jeune homme qui m'avait arraché au chevalet de torture, je me dirigeai vers le boulevard Montmartre.

Accoté à l'entrée, perspicace, le portier veillait.

Toutes les persiennes étaient ouvertes, cette fois. Mais, pour pénétrer dans l'immeuble, ça ne semblait pas commode. Accoté à l'entrée, perspicace, le portier veillait.

Je traversai la chaussée ; en référai à Boule-de-Jais, mon ami du kiosque.

— Comment faire ? Le concierge a l'air vigilant…

— Alexandre ? C'est la crème des hommes. Attends, tu vas voir comment ça se passe !

Nous revînmes ensemble. Boule-de-Jais, d'un bond sauta dans la cour, enfila l'escalier du fond ; le concierge, d'un bond, sauta sur son balai, et se lança à ses trousses.

Moi, je profitai de la diversion pour me glisser à droite, dans le bâtiment de façade. Il y avait un tapis dans l'escalier : ce luxe m'éblouit !

L'entresol, un, deux, trois, quatre étages. Une banquette de velours grenat, un paillasson marron bordé de rouge, un bouton électrique en ivoire, et porte close.

Je m'allongeai, patient, mais inquiet. Pourvu que le portier ne montât point ! Pourvu que je ne fusse pas chassé ! Si quelqu'un entrait ou sortait, je trouverais bien moyen de me faufiler !

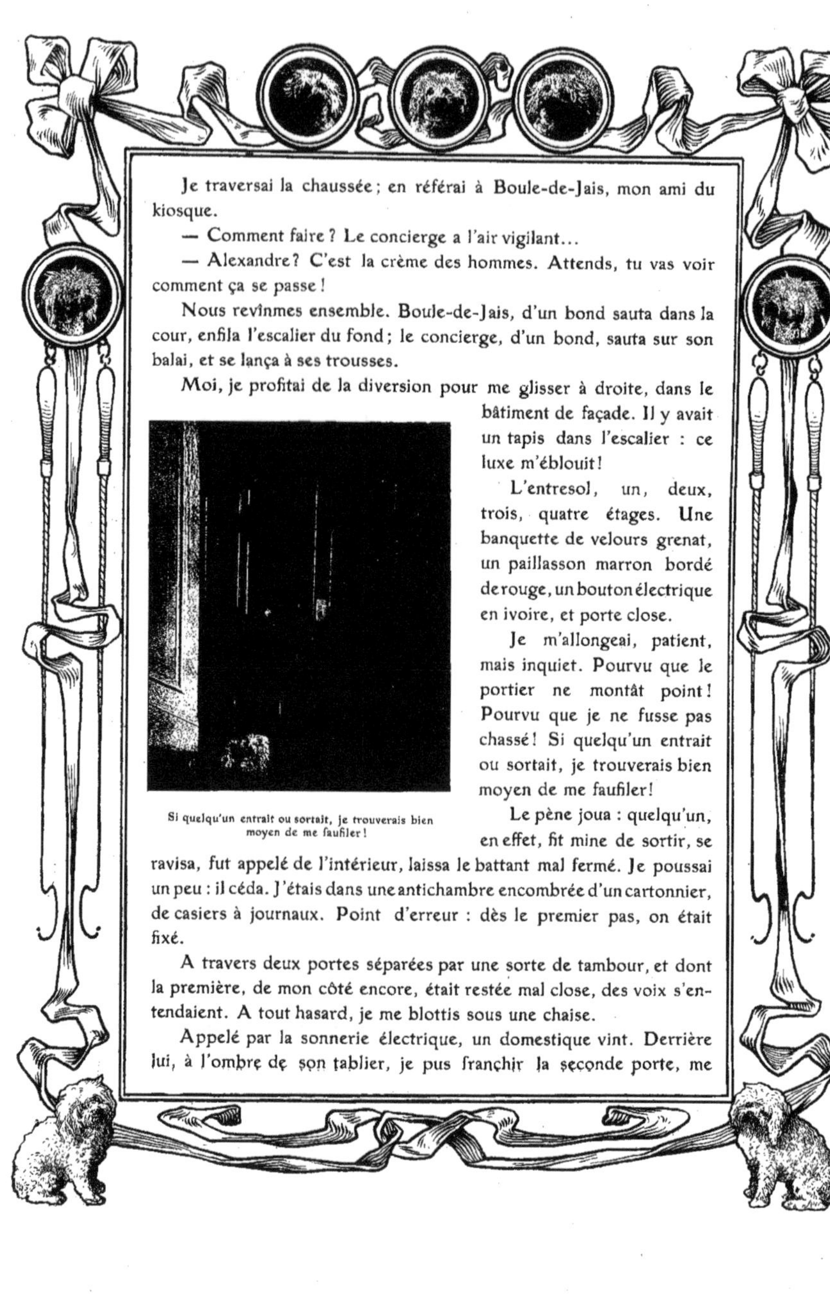

Si quelqu'un entrait ou sortait, je trouverais bien moyen de me faufiler !

Le pène joua : quelqu'un, en effet, fit mine de sortir, se ravisa, fut appelé de l'intérieur, laissa le battant mal fermé. Je poussai un peu : il céda. J'étais dans une antichambre encombrée d'un cartonnier, de casiers à journaux. Point d'erreur : dès le premier pas, on était fixé.

A travers deux portes séparées par une sorte de tambour, et dont la première, de mon côté encore, était restée mal close, des voix s'entendaient. A tout hasard, je me blottis sous une chaise.

Appelé par la sonnerie électrique, un domestique vint. Derrière lui, à l'ombre de son tablier, je pus franchir la seconde porte, me

réfugier sous une table, d'où il m'était facile d'observer sans être
découvert.

Dans un salon qui me parut somptueux (je n'avais pas jusqu'alors
beaucoup vécu dans le monde), une dame qui me sembla imposante,
était assise.

Elle était drapée d'une robe d'intérieur noire, en laine, très
simple ; elle était pâle, avec des cheveux fauves ; elle paraissait
songeuse et attristée.

Sur ses genoux, une gentille griffonne jaune s'était dressée, flairant

Dans un salon qui me parut fastueux, une dame, qui me sembla imposante, était assise.

ma présence insolite, protestant sourdement.

— La paix, Frisette ! Tais-toi, petite amie. Qu'au moins, de vous
autres, j'obtienne du calme et du silence.

Elle se leva, s'étira, s'en alla jusqu'à un fauteuil où des gazettes
étaient jetées pêle-mêle ; prit l'une, puis l'autre, et les laissa successivement tomber sur le tapis, sans colère, mais avec tant de lassitude !

Puis elle s'en fut vers la cheminée, se pencha, respira longuement
une rose qui défaillait dans un cornet de cristal.

— Heureusement, il y a les fleurs, les arbres, la bonne terre... et les bêtes.

Elle souleva Frisette du divan jusqu'à niveau de son visage, et l'embrassa avec effusion.

Je jugeai que le moment était propice à me montrer. A pas de velours, les yeux baissés, le maintien modeste, je m'avançai. Je n'étais pas très en beauté, les préoccupations morales de chacun autour de moi, récemment, ayant nui aux soins de ma toilette. J'avais le pelage à demi-repoussé, tout en bourre; et comme il avait plu, j'étais crotté jusqu'aux

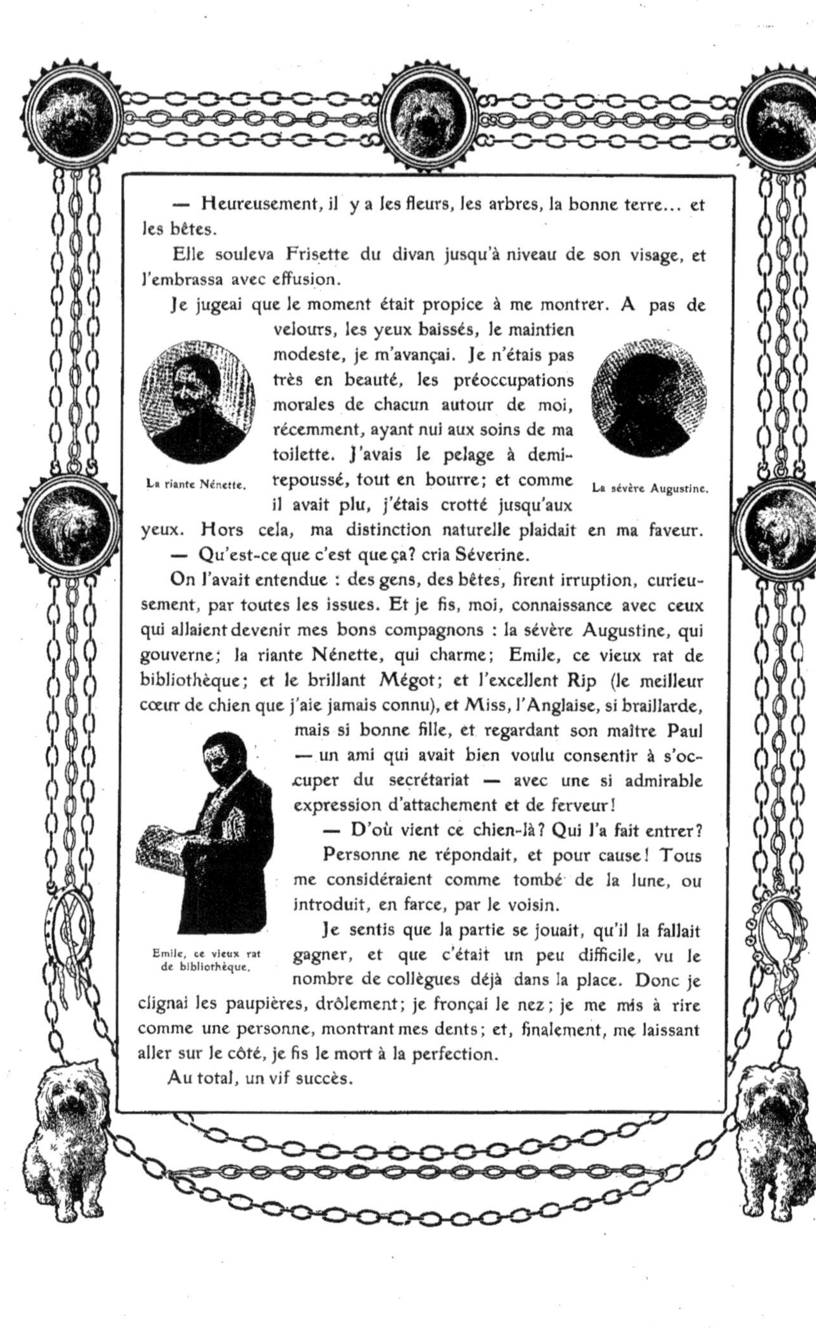

La riante Nénette.

La sévère Augustine.

yeux. Hors cela, ma distinction naturelle plaidait en ma faveur.

— Qu'est-ce que c'est que ça? cria Séverine.

On l'avait entendue : des gens, des bêtes, firent irruption, curieusement, par toutes les issues. Et je fis, moi, connaissance avec ceux qui allaient devenir mes bons compagnons : la sévère Augustine, qui gouverne; la riante Nénette, qui charme; Emile, ce vieux rat de bibliothèque; et le brillant Mégot; et l'excellent Rip (le meilleur cœur de chien que j'aie jamais connu), et Miss, l'Anglaise, si braillarde, mais si bonne fille, et regardant son maître Paul — un ami qui avait bien voulu consentir à s'occuper du secrétariat — avec une si admirable expression d'attachement et de ferveur!

— D'où vient ce chien-là? Qui l'a fait entrer?

Personne ne répondait, et pour cause! Tous me considéraient comme tombé de la lune, ou introduit, en farce, par le voisin.

Je sentis que la partie se jouait, qu'il la fallait gagner, et que c'était un peu difficile, vu le nombre de collègues déjà dans la place. Donc je

Emile, ce vieux rat de bibliothèque.

clignai les paupières, drôlement; je fronçai le nez; je me mis à rire comme une personne, montrant mes dents; et, finalement, me laissant aller sur le côté, je fis le mort à la perfection.

Au total, un vif succès.

Rip, dit Pépère — qui savait rire aussi — vint vers moi, me fit fête. Mégot se montra hospitalier, Miss et Frisette, naturellement plus réservées, ne témoignèrent d'aucune antipathie, et même Jotte, demeurée en arrière, derrière la porte de la salle à manger, s'abstint de toute manifestation hostile. L'hilarité de Nénette était sans limites ; Augustine

Le brillant Mégot.

Rip, dit Pépère.

avait le sourire... Alors, devant cette unanimité de bienvenue, Séverine décida :

— Allons, puisque tu y es, restes-y ! Tu ressembles tellement à Marquise.

Si elle avait su !

Miss, l'Anglaise.

CHAPITRE XI

J'avais retrouvé jusqu'à mon nom, car Séverine, d'intuition, me voyant dévorer sans mesure, s'était écriée : « C'est un vrai sac-à-tout, cet affamé-là ! »

Et j'avais connu d'autres choses encore, jusque-là insoupçonnées : un mobilier de poupée, exhibé du reliquaire d'enfance; des repas pantagruéliques, où figuraient du potage, un petit melon, un succulent os de côtelette, du dessert, du sucre; une niche, sans coussins de soie, bien entendu, mais rembourrée confortablement; par les soirs frais, lorsque tondu, un manteau taillé dans une robe hors d'usage à la patronne, et cousu par elle, s'il vous plaît; aux murs, sur l'étagère, les portraits des amis — enfin, ce que n'aurait jamais pu même entrevoir en songe le chien[1] de saltimbanque, le traîne-la-patte que j'avais été.

Ce que n'aurait jamais pu même entrevoir en songe le chien de saltimbanque,
le traîne-la-patte que j'avais été!

Vraiment, lorsqu'un bout de
ruban frais (plus coton que soie,
vous savez, mais l'effet n'y perd
rien), lorsqu'un bout de ruban
frais en cravate, une rosette sur
le front, la serviette sous le
menton, la nappe à mon chiffre
(nous avons la même initiale, Séverine et moi, c'est bien commode), je jetais un coup d'œil alen-
tour, et soulevais le couvercle de
la soupière, il me semblait rêver!

Mais il n'est pas que les
satisfactions de l'estomac. Celles
du cœur sont non moins impé-
rieuses. Je les obtins aussi. La
Jotte, ma douce fiancée, devint
Mme Sac-à-Tout.

La Jotte, ma douce fiancée.

On s'épousa à la campagne, sans tambours ni trompettes, sans
témoins ni dépenses. Le bonheur est discret.

Mais quel joli voyage de noces, en pleine nature, et comme
dit Phèdre « à l'ombre des forêts! »

On était allé dans le plus beau pays du monde — entendez

La *Pinsonnette*, la dernière maison de la lignée, à droite, au bout du lac.

par là celui que je préfère — soit le bourg de Pierrefonds, serti dans la verdure comme joyau dans l'écrin. Et que ce fût à la *Pinsonnette*, la dernière maison de la lignée, à droite au bout du lac, si gaie et si avenante; que ce fût à la *Roulotte*, en haut de la colline, la chaumine basse, campée tout contre les bois, si riante et si

La *Roulotte*, tout contre les bois.

rustique, pleine du chant des merles, la simple et heureuse vie !

Loin de tous et de tout, on était en confiance et tendresse réciproques, Cappiello l'avait bien deviné, qui interpréta si drôlement, dans le *Rire*, notre allégresse profonde, lorsque Pozzi, le grand chirurgien, disputa, arracha notre maîtresse à la mort ! Si des humains en ressentirent quelque dépit, oui, ce fut fête dans les chenils, les écuries, les bercails, les étables, les ruches, les nids...

" Séverine va mieux "

Mais le paradis, c'est les *Trois-Marches*, comme dit le poète Gabriel Nigond :

La maison qui s'endort au bras de
[la forêt !

Les plantes qui drapaient de verdure le balcon du boulevard Montmartre y ont repris racine; et l'âme qui dépérissait là-bas, entre les murs de pierre, s'y est retrempée et rajeunie.

C'est que notre bonheur à nous, les bêtes, a aussi

Mais le paradis, c'est les *Trois Marches*.

NOS
AMIS
Pipette.
M. de Coco-Bleu.
Cocotte.
Mégot, lé patriarche.

son humble rayonnement; il influe plus qu'on ne le croit sur l'ambiance d'un logis. Quand la perruche blanche comme neige, crêtée de soufre, se roucoule à soi-même, d'une voix câline, en agitant les ailes : « Bonjour, Cocotte, Cocotte »; ma jolie petite quand l'ara magnifique, vêtu d'or et d'azur, se hérisse et se balance; quand Pipette, la corneille, met la tête de côté, pour mieux voir, c'est qu'approche celle qui nous est chère. Philos en tête, l'énorme terreneuve noir aussi doux qu'un mouton, nous gambadons. Il n'est pas jusqu'à Mégot, sourd et aveugle, Mégot le patriarche, qui ne cherche encore, à tâtons, la rencontre des doigts dont il ne reçoit que des caresses.

Quand nous sommes à table, nous n'aimons pas à être dérangés.

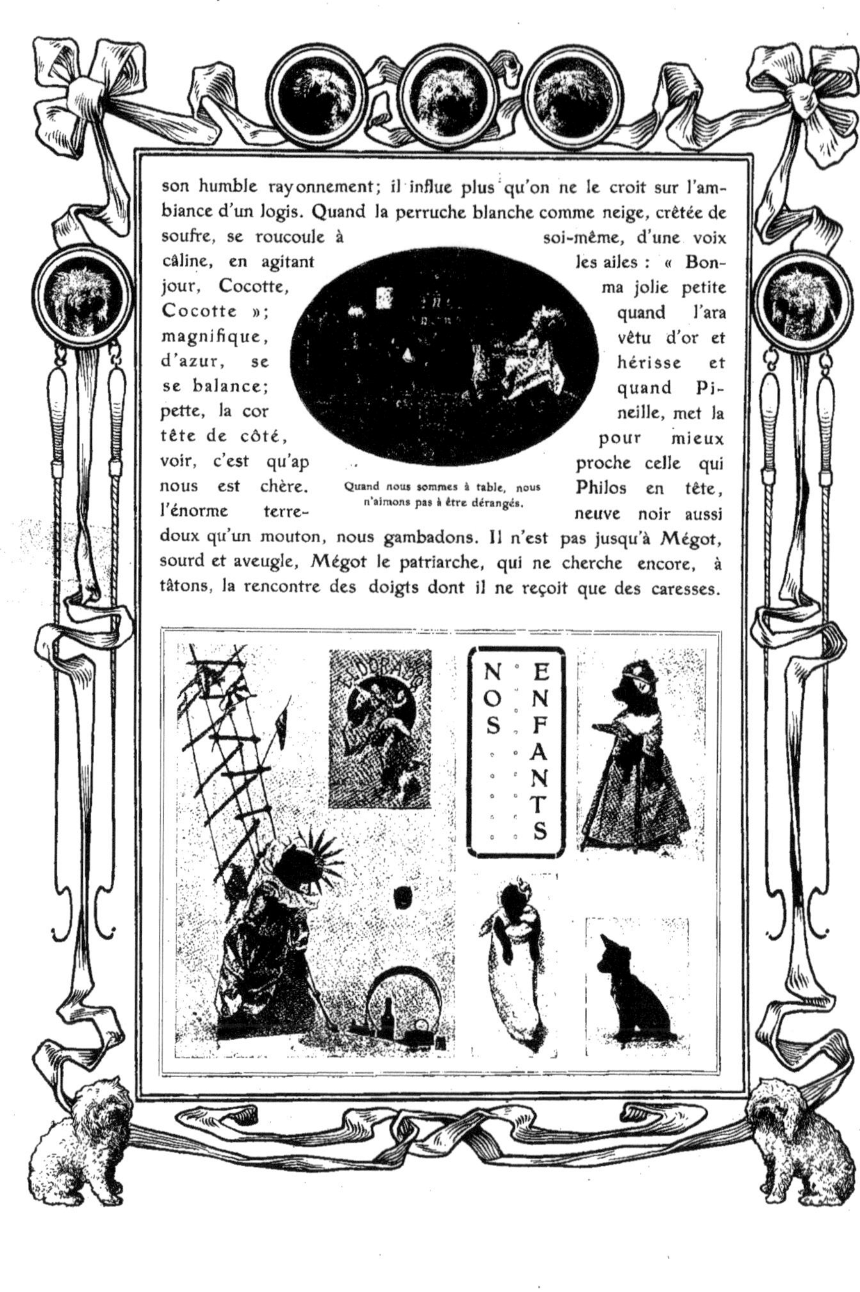

Voilà pour les amis. Mais je savoure aussi les joies de la paternité. Nos enfants sont aimables et bien portants. Si le petit dernier est un peu délicat, ma fillette, encore en bourrelet, donne de belles espérances, et mon aîné est un sujet tout à fait remarquable.

Philos

Rien n'a pu prévaloir contre sa vocation : il suit la carrière dramatique. J'entends par là qu'il est au cirque. Mais pas comme j'y fus, ni même comme y fut son aïeule. Lui est dans les premiers music-halls de Paris, et sous l'égide de notre patronne. Qu'il lui arrive un accident ou qu'il se rebute, Clown a, chez nous, sa retraite assurée. En attendant (ce n'est pas parce que c'est mon fils) il a bien du talent !

Je ne lui connais qu'un seul défaut, hors la gloriole : d'être porté sur sa bouche. C'est un peu de famille. Et quand nous sommes à table, ensemble, nous n'aimons pas à être dérangés.

Cependant, il faut bien subir, d'une âme sereine, les quelques désagréments que comporte l'existence, et

Le locataire d'au-dessus n'est pas toujours commode…

même savoir en tirer avantage. Ainsi, le locataire d'au-dessus n'est pas toujours commode…

Mais il me rend de petits services.

Si bien que je suis coiffé à merveille les jours où nous recevons notre amie Laurette, de Puteaux, et sa petite maîtresse Reine, nos seules relations.

Car les anciens, ceux qui m'avaient précédé — sauf la Jotte et Mégot — sont tous disparus.

Mais il me rend de petits services.

Miss, l'Anglaise, morte chez son maître, repose en terre lointaine, dans un hameau du Loiret.

Mais Frisette et le bon Rip sont là haut, dans notre bois.

Ah! notre bois, le joli coin! Deux hectares, pas plus, mais au penchant de la colline qui a la forêt de Compiègne pour oreiller et comme ourlet à sa robe verte, en bas, la route blanche — deux hectares pleins d'ombre, de fraîcheur, de solitude!

Par larges trouées s'y découvre la vallée : le féodal manoir, le lac, la « tour de guette » de la vieille église, d'où le veilleur scrutait l'horizon; et, par-dessus le coteau d'en face, au fond perdu des plaines, toute bleuâtre et toute onduleuse, l'autre forêt, celle de Villers-Cotterets!

A l'opposé, en chevet, talus planté de hêtres et velouté de mousse, c'est la chaussée Brunehaut. Des Romains la bâtirent et la reine y passa. Parfois, dans l'éboulis des pierres, roule un gros sou de bronze à l'effigie d'un César.

Ah! oui, le joli coin que ce bois-là! Il a des sources fraîches où il fait bon boire; des clairières où le soleil vous chauffe en espalier; des fourrés tapissés de pervenches, de

Notre amie Laurette, de Puteaux, et sa petite maîtresse Reine.

Le cimetière des anciens.

violettes et de muguets! On y est bien pour s'ébattre, on y est bien pour dormir — Rip et Frisette doivent y être bien aussi…

Ils ont, à mi-côte, en avant de la Cabane, au grand cercle de la Table ronde (où des roches, au pied de six hauts arbres, marquent nos six places), ils ont la seule tombe qu'admet Séverine : la grosse pierre fruste où le nom est gravé. L'endroit est beau et, quand l'automne arrive, sous la jonchée des feuilles plein de mélancolie. C'est là, que nous irons tous dormir, l'un après l'autre.

Plus tôt, plus tard, c'est affaire au destin! La vie m'est douce, mais je suis prêt. J'ai fait mon devoir, et j'ai « vécu »; je n'ai, au cours de mon existence — ceci touche à la politique, on m'excusera de ne pas préciser — mordu qu'un seul être, et je ne le regrette pas… le danger était pour moi!

J'ai été flatté par la main de Sarah Bernhardt (une main que les souverains et l'ombre de Shakespeare avaient baisée); Henri Robert, contre l'employé qui voulait m'expulser du wagon, à Rouen, a prononcé pour moi, sur le quai du départ, aux hourrahs de l'assistance, la plus exquise des plaidoiries. J'ai voyagé, vu du pays, participé à des heures historiques…

En famille.

Que souhaiter de plus? Que rêver de mieux? Aussi, philosophe, je commence à vieillir en famille, récompensé au delà de toute mesure, d'avoir été — au contraire de tant de gens! — attaché à ma parole, fidèle à mon serment.

SAC-A-TOUT

Pour copie conforme :

SÉVERINE

www.ingramcontent.com/pod-product-compliance
Ingram Content Group UK Ltd.
Pitfield, Milton Keynes, MK11 3LW, UK
UKHW021438090726
13657UKWH00003B/1139